BIBLIOTHÈQUE DE BONS ROMANS ILLUSTRES

L'AUBERGE DES 13 PENDUS

PAR HENRY DE KOCK

DEUXIÈME SÉRIE

LES 12 ÉPÉES DU DIABLE.

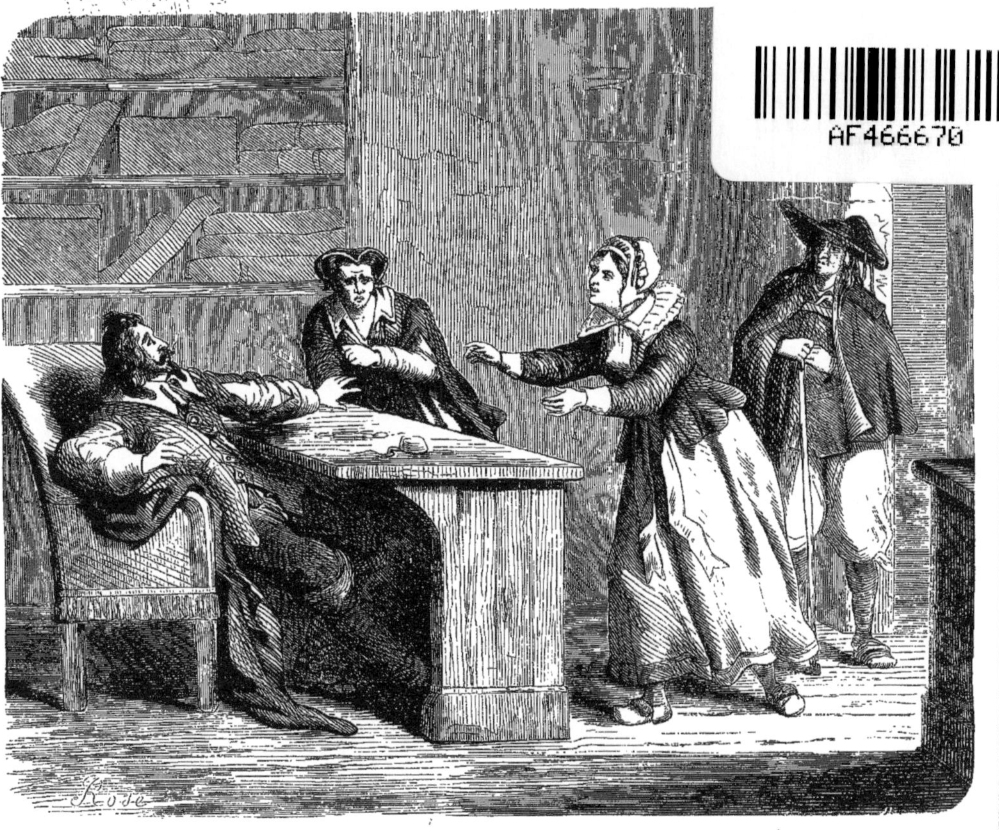

Prix : 50 c.

PARIS
ALEXANDRE CADOT ET DEGORCE, ÉDITEURS
37, RUE SERPENTE, 37

L'AUBERGE DES 13 PENDUS

PAR HENRY DE KOCK.

DEUXIÈME PARTIE

— SUITE —

LES DOUZE ÉPÉES DU DIABLE

V

Où M. de Lafeymas essaye de tâter la tête de Pascal Siméonis et ne réussit qu'à faire cogner celle d'un de ses bravaches.

Lafeymas avait été tellement stupéfié de l'aisance avec laquelle Pascal Siméonis s'était tiré de son entrevue avec le cardinal, que quelques moments encore après le départ du chasseur de lâches, le chef des raffinés était à sa même place, au fond du cabinet du ministre, incapable de se rendre compte, quant à lui, de la manière dont il lui fallait prendre l'aventure.

Richelieu se chargea de le diriger à ce sujet.

Se tournant vers lui :

— Eh bien! monsieur de Lafeymas, lui dit-il ironiquement, voilà un protégé d'espèce singulière, qu'en pensez-vous?... Qui se soucie peu de la protection comme du protecteur.

— Monseigneur, balbutia Lafeymas, veuillez croire que si j'eusse pu supposer...

— Que M. Pascal Siméonis était d'humeur aussi fière et aussi indépendante, vous ne me l'eussiez pas amené? Et vous auriez eu tort, vraiment! Il ne nous est pas désagréable, par hasard, de voir en face une figure honnête et vaillante. Nous ne vous faisons donc pas de reproches, et loin de là, monsieur de Lafeymas. Seulement, à l'avenir, quand vous nous présenterez un serviteur, tâchez, au préalable, de vous mieux édifier sur ses intentions. — Allez!...

Rien qui déplaise tant à un coquin comme la rencontre

d'un homme de cœur! Et quand, à ce désagrément, se joint le regret d'avoir été involontairement utile à son adversaire naturel, quelle source d'ennuis, de colère pour le coquin!

C'était le cas d'Isaac de Lafeymas.

Sa physionomie était si bouleversée que lorsqu'il rejoignit, dans une salle basse du palais, où il l'avait invité à l'attendre, son ami, le chevalier de Mirabel, celui-ci s'écria :

— Tête et ventre! quelle mine! Que s'est-il passé là-haut? Ce Pascal Siméonis...

— Ce Pascal Siméonis est un drôle!...

— Bah!

— Qui s'est moqué de moi!...

— En vérité? Et de M. de Richelieu aussi, peut-être? Alors on est en train, pour le quart d'heure, de le conduire au Châtelet? Eh bien! je n'en suis pas fâché! Il tire trop bien l'épée, ce monsieur! Il me gêne.

— Il est en train, pour le quart d'heure, de s'en aller tranquillement se mettre au lit à son logis.

— Hein!... Mais alors...

— Mais alors, alors, si ce Pascal Siméonis te gêne, il me gêne bien davantage, moi! Oh! il ne se contente pas de bien manier l'épée, il manie non moins supérieurement la parole! Si supérieurement que Son Eminence, elle-même, s'y est laissée prendre! Il a une mission sur terre, ce bavard, ce fier à bras!... Il s'est fait chasseur de lâches!... Ah! ah!... « Un rude métier qu'il a choisi là, » a daigné lui dire le cardinal. Mais je ne me paye pas de ces sornettes, moi! Je veux savoir quel est cet homme et d'où il sort, et ce qu'il est venu faire à Paris... et je le saurai! Et quand ce ne serait que pour le châtier des railleries qu'il m'a attirées en l'amenant... pour son bon plaisir... au Luxembourg...

— Quand ce ne serait que pour le punir de t'avoir si galamment désarmé deux fois...

— Oui... il est trop adroit et trop spirituel... Nous lui rognerons l'esprit et les ongles.

— Et je m'offre, de tout cœur, comme ton auxiliaire dans cette besogne, Lafeymas!

— C'est bien. Je vais songer à tout cela. Merci. Bonsoir; à demain.

La fin de cet entretien avait lieu devant une maison de la rue Dauphine, où habitait Lafeymas; ce dernier rentra, sombre et pensif, chez lui.

Quel fut le résultat des méditations du chef des raffinés, — et elles le tinrent éveillé une partie de la nuit, — c'est ce que nous ne saurions dire au juste... Nous pensons seulement que les conseils qu'il demanda à sa raison tendirent, sinon vers une paix réelle et durable, au moins vers les apparences de la paix; car, le lendemain, aux environs de deux heures de l'après-midi, nous retrouvons ce bon M. de Lafeymas, — en compagnie du chevalier de Mirabel, son *fidus Achates*, — heurtant galement à la porte de la chambre du *bavard*, du *fier à bras*.

Il y avait dix minutes que Pascal Siméonis était de retour de sa visite à l'hôtel des Ferriers, et, comme tout amoureux après le bonheur de l'entrevue avec l'objet aimé, il savourait le souvenir du bonheur...

A quelques pas de son maître, Jean Fichet tirait d'une énorme valise, pour les placer dans un coffre, du linge et des effets d'habillement..

Arraché à sa rêverie, Pascal fronça le sourcil. — Il était si bien où il était.

Sur le point de ranger une chemise avec ses sœurs, Jean Fichet demeura le bras suspendu.

— Faut-il ouvrir, monsieur? demanda-t-il.

— Eh! oui, ouvre! répliqua Pascal. — Et mentalement, il ajouta : « La Pivardière sans doute. »

Mais ce n'était pas la Pivardière, et à l'apparition des deux visiteurs, — comme un soldat qui, involontairement assoupi à son poste, se redresse et reprend ses armes au premier coup de feu, — Pascal montra aussitôt le visage le plus dégagé.

Cependant, retirant civilement son feutre et d'un ton en rapport avec son geste :

— Mille pardons, cher monsieur Siméonis, dit Lafeymas, mille pardons de vous déranger.

— Mais vous ne me dérangez nullement, cher monsieur de Lafeymas!...

— Trop aimable. — Mais, dans votre précipitation à vous éloigner, hier au soir, à l'issue de votre audience au Luxembourg... — et à ce propos, mes félicitations sincères, cher monsieur! Le cardinal-ministre est enchanté de vous!

— Et moi, je suis enchanté du cardinal-ministre.

— Ah!... — Tant mieux! tant mieux! Il est certain qu'il vous a accueilli... comme il n'accueille pas tout le monde... En considérant surtout votre refus d'entrer dans ses gardes... après que je vous avais présenté à lui à cette intention!... Mais Son Eminence était d'humeur allègre, hier au soir... Et puis la franchise de vos manières! L'originalité de vos principes... les quelques grains d'encens... de choix, que vous avez brûlés à ses pieds... Bref, je vous le répète, monseigneur a été on ne peut plus satisfait de vous... Il m'a même chargé de vous en assurer à l'occasion...

« Et comme cette occasion se présentait tout naturellement ce matin, je me suis hâté de la saisir...

— On n'est pas plus gracieux, cher monsieur de Lafeymas.

— Du tout, du tout! Eh! eh!... C'est un peu d'égoïsme de ma part, je le confesse sans vergogne. Je tiens à rester en de bons termes avec un homme aussi remarquable par l'élévation de son caractère, que par son courage et son adresse...

— Cher monsieur de Lafeymas, vous me confusionnez!

— Laissez donc! Je me rappelle, voilà tout! .. Je me rappelle que vous vous êtes montré, de toutes façons, mon maître, hier au soir...

— Oh! de toutes façons!

— Assurément! En me corrigeant, près de Son Eminence, de la faute de précipitation... d'étourderie... et ici, dans cette maison, du péché de vanité. Ah! que voulez-vous! Avant d'avoir croisé mon épée contre la vôtre, je me croyais une des meilleures lames de France! Vous m'avez démontré que j'avais besoin d'aller encore à l'école!

— De grâce, cher monsieur de Lafeymas! J'ai oublié le début, sans importance aucune, de notre tout affectueuse liaison... vous m'obligerez...

— En oubliant de mon côté que ce début m'a grevé d'une dette de vingt-cinq pistoles à votre endroit? Oh! vous ne l'espérez pas, cher monsieur Siméonis, vous ne l'avez pas espéré une minute! Voici vos vingt-cinq pistoles... Dettes de jeu, dettes d'honneur!... Eh! eh!... seulement, maintenant que je me suis acquitté, je solliciterai, — comme témoignage de l'estime que vous pouvez me porter, — votre adhésion à un petit projet que j'ai conçu, chemin faisant, de ma demeure à la vôtre...

— Parlez, cher monsieur de Lafeymas. D'avance je vous suis tout acquis.

— Vrai! Alors vous consentez à venir souper, ce soir, avec quelques-uns de mes amis et moi, chez Ribeaupierre, au cabaret du *Cœur-Volant*.

— Si j'y consens!... Mais je serai aux anges d'entrer en relations avec messieurs vos amis, monsieur de Lafeymas!

— Et eux donc!... vous concevez : oh! je n'y mettrai pas d'amour-propre! Je leur conterai, dès tout à l'heure au jeu de paume, — car je vais encore jouer à la paume, quoi que vous ayez dit de ce jeu...

— C'était pure plaisanterie!

— Je l'ai bien compris ainsi! — Je conterai à mes amis quel héroïque champion de la vertu la capitale a l'avantage de posséder dans ses murs, depuis hier...

— Et quand ce ne serait que pour la rareté du fait, ces messieurs feront fête, en ma personne, à la vertu, vous croyez?

— Oh! vous êtes méchant, cher monsieur Siméonis!

— Du tout! Je continue la plaisanterie, cher monsieur de Lafeymas.

— Et dans la plaisanterie, comme en toutes choses, vous êtes passé maître! — Enfin vous acceptez mon invitation?

— J'accepte! Mais à une condition?

— Oh!..

— Oh! Une condition qui n'a rien de terrible! C'est qu'il me sera permis de convertir ces vingt-cinq pistoles, fruit de notre g geure, en autant de bouteilles de vin d'Espagne qui arr s r ont notre joyeux festin?

Lafeymas se p nça les lèvres. Encore une qualité qu'il découvrait en celui qu'il haïssait : il était généreux.

Mais reprenant bien vite sa mine épanouie :

— Accepté, cher monsieur, s'écria-t-il. Nous boirons, — et je tâcherai de ne le point trouver trop amer, — nous boirons, jusqu'à la dernière goutte, à ma dernière défaite.

— Non, monsieur de Lafeymas; nous boirons à votre prochaine victoire.

— Pas contre vous, toujours, hein?

— Eh! mon Dieu, qui sait! les plus forts ont leurs moments de faiblesse.

— Vous ne pensez pas un mot de ce que vous dites là.

— Entre nous, vous avez raison! Mais si l'on était forcé de dire toujours ce qu'on pense...

— On ne parlerait pas souvent, n'est-ce pas? Eh! eh!... A ce soir donc, au *Cœur-Volant*, cher monsieur Siméonis.

— A ce soir, au *Cœur-Volant*, cher monsieur de Lafeymas.

Les deux gentilshommes étaient partis.

— Hum! grommela Jean Fichet, qui refermait la porte sur eux, voilà un souper qui ne promet rien de caressant pour le dessert!

Et le gros valet ajouta en se tournant vers son maître :

— Vous irez, vraiment, monsieur?

— Et pourquoi n'irais-je pas, mons Jean Fichet, répliqua en riant l'aventurier.

— Dame! Pourquoi... pourquoi?... Par les cornes à papa, je sais bien que monsieur n'est pas gêné pour coucher bas un taureau, mais une douzaine de petites bêtes... dans le genre de celles qui bourdonnaient là tout à l'heure à nos oreilles... c'est plus incommode quelquefois qu'une seule grosse!...

« En tout cas, monsieur m'autorisera à l'accompagner, j'espère?

— Point! J'irai seul à ce souper. C'est-à-dire, non, je n'irai pas seul; j'emmènerai M. de la Pivardière. J'ai gagné les vingt-cinq pistoles chez lui, il est équitable qu'il en boive sa part.

Jean Fichet haussa les épaules.

— M. de la Pivardière! Un joli luron! dit-il. Ça n'est pas plus couard qu'un autre... non! mais ça ne tient pas tant seulement sur ses jambes! D'une chiquenaude on le renverserait.

Pascal marcha au gros valet et lui tirant amicalement l'oreille :

— Ah çà, nigaud, fit-il, sérieusement tu t'imagines donc qu'on songe à me massacrer, là-bas, ce soir? Erreur! M. de Lafeymas m'a tâté, hier, de l'épée, et n'ayant pu voir la couleur de mon sang, ce soir, à table, dût-il boire dans mon verre pour y chercher ma pensée, il essayera de me tâter la tête. Mais j'ai la tête solide et je ne confie pas ma pensée, même à mon verre. M. de Lafeymas en sera pour sa nouvelle épreuve... et moi, je verrai de près une partie de ces bravaches, qu'il m'est indifférent d'avoir pour ennemis personnels, mais qu'il me serait utile de connaître demain, peut-être, — pour les tuer, — si le sort voulait qu'ils devinssent les ennemis... d'un autre!

« Ne t'inquiète donc pas, encore une fois, Jean Fichet, et si cela peut te rassurer tout à fait, sache qu'indépendamment de l'énergie qu'ont mise en moi, hier, la parole et le regard d'un homme de génie, ce matin, une autre parole, un autre regard, non moins puissants, ont encore ajouté à ma force, à mon courage!... »

Pascal s'était approché de sa fenêtre; soulevant discrètement le rideau, il fixa ses yeux sur cette maison où tout à l'heure une femme lui avait donné, d'un mot, d'un sourire, cette confiance, — dont il se vantait, — en son étoile.

Quant à Jean Fichet, comprit-il ce que ce mouvement signifiait? Eh! peut-être! Pas si nigaud qu'il en avait l'air, notre gros Jean Fichet!

Toujours est-il qu'il se remit, en sifflotant joyeusement, à ranger les chemises.

***

Avertis, dès le matin, à domicile, par un exprès, une vingtaine de gentilshommes, dits *raffinés*, se réunissaient, sur le coup de six heures, au cabaret du *Cœur-Volant*. « Gentilshommes de noblesse douteuse, pour la plupart, » dit un écrivain de l'époque, « admis, ou plutôt tolérés, au Louvre, à cause des services mystérieux qu'ils rendaient à certains grands seigneurs, les *Raffinés* se piquaient d'être toujours prêts à se battre, toujours prêts à *appeler* le premier cavalier qu'on leur indiquait dans l'intérêt d'une bonne comme d'une mauvaise cause. N'ayant, par l'effet même de leur périlleux métier, qu'une courte perspective d'existence, ils se hâtaient de dilapider leurs biens quand ils en avaient. Parmi ceux qui ne possédaient rien, quelques-uns vivaient d'escroqueries, d'autres flattaient les passions persistantes de quelques vieilles femmes qui se laissaient ruiner par reconnaissance. Plusieurs parvenaient à enjôler des filles de bon lieu; puis, les déshonorant à titre de spéculation, se faisaient condamner à les épouser et empruntaient de l'argent à usure du juif Dabillon ou de l'Italien Jacomeny, en attendant la dot, ainsi dévorée avant d'être reçue. »

Telle était la milice dont Isaac de Lafeymas s'était fait le capitaine, par droit du plus fort et du plus habile, par droit du mieux en position pour guigner les entreprises lucratives, pour diriger les aventureuses expositions.

Aussi était-ce toujours fête pour ces messieurs, quand le maître les convoquait. Flairant le sang et l'or, chacun d'eux s'empressait d'accourir en caressant d'avance sa rapière affilée... — qui allait bientôt *travailler*, — et sa bourse vide, qui bientôt allait se remplir.

Ce soir-là, pourtant, l'air du visage de Lafeymas, — arrivant à son tour au lieu du rendez-vous, au bras du chevalier de Mirabel, — n'était pas joyeux, assuré, comme d'habitude, à la veille d'une bonne affaire...

Pourtant aussi, — les raffinés l'avaient appris, en entrant, de Ribeaupierre lui-même, — un souper extra avait été commandé, — et soldé, — pour ce soir-là, à leur intention, par le chef...

Si le chef s'était mis ainsi en frais, c'était donc qu'il voyait, dans un avenir prochain, le moyen de se dédommager, et amplement, de ses dépenses!

Alors, pourquoi sa mine refrognée?

Cependant Lafeymas promenait son regard sur les rangs des bravaches.

— Balbedor et d'Aguillon ne sont pas venus? dit-il d'une voix brève.

— Non, maître, répliqua, — pour tous, — M. de Vertgrignon, — un cadet de Normandie dont l'exubérance de santé, la vigueur et la rotondité des membres, la fraîcheur criarde du teint, juraient singulièrement avec l'état, — des plus piteux, — de sa toilette. Le chevalier de Balbedor et le vicomte d'Aguillon sont en voyage... Un voyage financier, je crois. M. de Balbedor possède à quelques lieues de Paris un oncle affligé de la manie de thésauriser... manie des plus ridicules... et...

— Assez! interrompit sèchement Lafeymas. Je n'aime pas qu'on voyage sans mon autorisation, je l'ai déjà dit, je le répéterai à MM. de Balbedor et d'Aguillon. C'est au moment souvent où l'on a le plus besoin de vous qu'on s'absente; cela ne me convient pas.

— Oh! reprit le Normand, en souriant, si le gâteau à cuire est gros... ne sommes-nous pas en nombre suffisant ici pour le mettre au four, maître? MM. de Balbedor et d'Aguillon sont plus à plaindre qu'à blâmer, puisqu'ils n'en croqueront pas leur part.

— Vous êtes un sot avec vos facéties, monsieur de Vertgrignon. Vous feriez mieux, au lieu de jouer à l'avocat d'office, d'aviser quelque part quelque tailleur qui remplaçât votre pourpoint. C'est une honte, en vérité, que de se montrer aussi accoutré en bonne compagnie.

— On se montre comme on peut, cher maître. Ce n'est pas ma faute. Ce pourpoint était tout neuf encore, il y a quelques semaines... mais mes bras et ma poitrine ont la rage, en dépit de mon estomac qui chôme souvent, — trop souvent! — de prendre des dimensions exagérées. Ils font craquer tous mes vêtements!...

« Au reste, je compte bien, si l'affaire dont vous avez à nous charger ce soir présente quelques surfaces argentifères...

— L'affaire dont j'ai à vous charger ce soir, messieurs, n'enrichira aucun de nous d'un denier.

— Oh!...

Un murmure de désappointement s'éleva du sein des bravaches.

— Qu'est-ce, messieurs? reprit, d'un ton hautain, Lafeymas, et n'est-ce donc rien pour vous qu'un bon souper qui ne vous coûtera que la peine de l'avaler? Depuis quand rechigne-t-on quand il me plaît d'user de votre temps à ma guise?

— On ne rechigne pas, maître, répliqua un Gascon, — à museau de fouine, — on ne rechigne pas! On s'étonne seulement qu'un homme de votre esprit ait jugé à propos, — et cela aux dépens de sa bourse, — d'employer, très-agréablement, sans doute, notre temps... mais sans fruits ni pour lui, ni pour nous!

— Et qui vous dit, monsieur de Grébillac, que l'issue de ce souper sera sans importance et pour vous et pour moi? Vous imaginez-vous donc naïvement que je vous traite tous tant que vous êtes pour vos beaux yeux? Écoutez : un homme, nommé Pascal Siméonis, va venir souper avec nous.

— Ah! ah! s'exclamèrent de nouveau les raffinés, remis en veine d'espoir par ce commencement d'ouverture.

— Là! là! là! reprit Lafeymas, ne vous pressez pas de sonner la curée au sujet de cet homme! Pascal Siméonis n'est ni un riche provincial qu'il s'agisse de gruger, par les petits moyens à notre service, ni un bourgeois parisien, fraîchement sorti de son commerce et désireux de faire sauter ses écus en compagnie de gens *du beau monde*...

« C'est un aventurier... Mais un aventurier comme on n'en compte point par douzaines; qui a tout pour marcher à travers les aventures : le jarret solide, la main ferme, l'esprit alerte.

« Deux faits vous prouveront de quoi il est capable : il s'est battu avec moi et à deux reprises il m'a désarmé. Il a causé une demi-heure avec Son Éminence le cardinal de Richelieu, et non-seulement Son Éminence l'a écouté avec faveur, mais elle a daigné, en lui donnant sa main à baiser, l'assurer de sa protection. »

Cette fois ce fut un murmure d'admiration envieuse qui accueillit les paroles de Lafeymas.

— Par saint Christophe! s'écria le cadet de Normandie, voilà un gaillard né coiffé! Il a désarmé celui qui désarme les autres et il a plu au premier ministre! Sa fortune est faite!

Un fin sourire vint aux lèvres de Grébillac, le Gascon.

— Tu n'es qu'un sot, comme le disait tout à l'heure le maître, Vertgrignon, dit-il. Regarde M. de Lafeymas. Il faut être aveugle pour ne pas lire sur son front l'horoscope de M. Pascal Siméonis. C'est justement parce qu'il a désarmé celui qui désarme les autres, et parce qu'il a plu au premier ministre, que ce pauvre monsieur s'arrêtera net... — on ne sait comme, — au beau milieu de son chemin.

Lafeymas frappa sur l'épaule de Grébillac.

— Tu m'as compris, toi! fit-il.

— Alors, dit un des rodomonts de la bande, en retroussant sa moustache, ce souper offert à Pascal Siméonis serait tout simplement le souper de ses funérailles?

Lafeymas fit un geste négatif.

— Point! repartit-il. Je respecte bien trop les gens sympathiques à monsieur le cardinal pour me permettre de les enterrer... sans son ordre!

« Mais les sympathies vous abusent, parfois! M. Pascal Siméonis s'est donné à Son Éminence pour une sorte de chevalier de la veuve et de l'orphelin, de champion de l'opprimé, du faible...

« Et Son Éminence a paru touchée au dernier point de la profession de foi du *chasseur de lâches*... — Il s'intitule ainsi ce monsieur! — Je dis : « a paru » parce que... le cardinal est si fin!... Je gagerais qu'au fond il ne gobe pas plus que moi les vocations... *gratiâ pro Deo*... et que, tout comme moi, il serait très-aise d'apprendre de quelle espèce de bois est construit notre paladin!

— Et pour découvrir l'espèce du bois, il faut gratter l'écorce! s'écria Grébillac! Et nous serions bien gauches si, à nous tous... assistés de pas mal de flagorneries... et de beaucoup de vieux flacons, nous ne parvenions pas à tirer les vers du nez de M. Pascal Siméonis. — N'est-ce pas votre opinion, maître?

— C'est au moins mon espoir qu'il ne sortira pas d'ici sans s'être quelque peu déboutonné.

Vertgrignon hocha la tête.

— Peuh! fit-il. Un homme qui sait si bien se battre doit savoir bien boire! Nous en serons pour nos finesses... et vous en serez pour vos flacons, messire de Lafeymas!...

« Je préférerais... si ce monsieur est de trop sous notre soleil!... Eh! eh!... on peut ne redouter personne l'épée en main... mais il y a d'autres procédés que l'escrime pour envoyer à l'ombre un individu embarrassant! On s'amuse, après souper... on rit... on plaisante! Histoire, pour dégourdir et comparer ses muscles, d'imiter les exercices gymniques des Grecs et des Romains. Et comme cela, en luttant... en jouant... — oh! sans intention mauvaise!... par mégarde... »

Joignant le simulacre à la parole, de ses bras vigoureux, le cadet de Normandie avait étreint par le cou l'un de ses voisins...

— Oh!... balbutia le patient, mais tu m'étouffes!

— Eh bien, c'est cela même que je voulais dire, poursuivit Vertgrignon, en se tournant vers Lafeymas. Qu'en pensez vous, maître? Si... le cas échéant... je proposais à notre convive de *jouer* avec moi?... Qu'en coûte-t-il d'essayer? Bah!...

La porte de la pièce où se tenaient les raffinés s'ouvrait livrant passage à Pascal Siméonis et à la Pivardière.

— Soit! répondit à voix basse Lafeymas à Vertgrignon Essaye.

Et il s'élança au-devant de ses hôtes...

D'après ce qui précède, on peut facilement se rendre compte de la manière dont Pascal fut reçu au *Cœur-Volant*. Dressés d'avance, c'était à qui de nos bravaches lui serrerait la main en remerciant le ciel d'une telle bonne fortune. — Pascal s'excusait d'avoir amené un ami...

— Comment donc! s'écria Lafeymas, mais c'est une joie de plus pour nous, cher monsieur!... et vous n'usez d'ailleurs que de votre droit!... N'est-il pas équitable que celui qui participe aux frais d'un banquet s'en réserve, en partie, les honneurs!

— De bien aimables gens! disait la Pivardière à Pascal.

— Très aimables! repartit l'aventurier.

Mais Ribeaupierre annonçait le souper servi dans la salle voisine; une salle fort avenante, sous tous les rapports bien chauffée, planchéiée et décorée de riants et appétissants emblèmes dus au pinceau d'un artiste émérite. Le seul inconvénient de ce lieu était le peu d'élévation de son plafond. Mais une salle à manger n'a que faire de l'espace d'une salle de jeu de paume. Et puis, quand on est bien à table, pourquoi se lever?

Pascal était assis entre Lafeymas et Mirabel; en face de lui, la Pivardière, ayant à sa gauche Vertgrignon, à sa droite Grébillac. Depuis que le maître lui avait octroyé le champ libre quant à sa fantaisie d'essayer, *en jouant*, d'envoyer *ad patres* le chasseur de lâches, Vertgrignon jubilait. C'est que notre Normand avait la prétention, — appuyée d'ailleurs sur l'expérience, — d'être d'une robusticité extraordinaire. On citait de lui à ce sujet quelques traits bien capables de l'enorgueillir. Ainsi, un jour, sur le Pont-Neuf, il avait jeté dans sa charrette un charretier insolent. Un autre jour, sur les quais il s'était battu avec trois *avaleurs de nefs*, ou lâcheurs de bateaux, et les avait rossés tous les trois. Une autre fois, rien qu'avec le secours de ses poings, il avait déconfit une demi-douzaine de tire-laines...

— Vous verrez! vous verrez! avait-il dit à ses amis, en

s'acheminant avec eux vers la salle à manger; nous rirons au dessert! Le chef me l'a permis : ce bon M. Pascal Siméonis sera malin s'il se tire les côtes nettes de mes pattes!

En attendant qu'il étouffât le chasseur de lâches, Vertgrignon, — comme compensation sans doute, — déployait une gracieuseté sans bornes à l'égard de son compagnon; lui choisissant les morceaux, lui emplissant incessamment son verre. Et Anténor de la Pivardière, qui ne s'était pas trouvé depuis longtemps à pareille fête, mangeait comme quatre et buvait comme huit en répétant, de temps à autre, d'un regard attendri, à Pascal : « Ah! les aimables gens!... les aimables gens!... »

De son côté, Lafeymas ne ménageait pas non plus ses soins à son voisin et convive et, comme la Pivardière, sans cérémonie, sans scrupule, Pascal se laissait soigner. Seulement, tandis qu'à la fin du premier service à peine, le mari de dame Latapie commençait à souffler en roulant de gros yeux comme un phoque repu, Pascal, lui, lorsqu'on dressa le dessert, semblait encore aussi libre d'estomac et d'esprit qu'au début du festin...

Il vidait pour la vingtième fois son verre, — un énorme verre dans lequel plus des deux tiers d'une bouteille de vin des Canaries s'étaient engloutis :

— Çà! fit Lafeymas avec un sourire qui dissimulait mal son dépit, vous avez donc toutes les supériorités, cher seigneur Siméonis?

— Et à quel propos ce soudain éloge, cher seigneur de Lafeymas? répliqua l'aventurier.

— Dame... à ce propos que vous m'étourdissez! Vous ne vous contentez pas d'être une des plus magnifiques fourchettes que j'aie jamais vues, vous êtes aussi le plus superbe buveur!... Ah! je n'ai pas vos talents! J'eusse ingurgité le quart de ce que je vous ai versé que je serais sous la table!

Pascal sourit à son tour.

— C'est donc alors comme affaire d'art que vous me poussez tant à boire, cher hôte? dit-il. Dans le but d'apprécier mes capacités bachiques?

— J'en conviens... les gros buveurs m'intéressent... je suis curieux... eh! eh! — pardonnez-moi l'expression, — je suis curieux de savoir jusqu'où va leur *tonnage*...

— Et c'est pour cela que vous les *entonnez* jusqu'à les faire chavirer.

« C'est amusant, n'est-ce pas, quelquefois, de voir un homme s'en aller, comme un navire, à la dérive?

« Eh bien! je le déplore... pour vous, cher monsieur de Lafeymas, mais, contre votre désir, je ne vous procurerai pas cette petite satisfaction. Je ne chavire jamais, moi! J'ai été élevé à l'école d'un gaillard qui eût facilement pu dire de quiconque ce que disait le jeune roi de Perse Cyrus de son aîné Artaxercès : « J'ai plus de cœur que lui; je suis meilleur philosophe, j'entends mieux la magie; *je bois et je porte mieux le vin.* » Instruit par le maître en question, si je n'ai pas, hélas! moi, conquis plus de cœur, plus de sagesse et plus de science qu'un autre, j'ai acquis du moins cette faculté de boire autant, si ce n'est mieux, que qui que ce soit, sans m'enivrer.

« Une faculté plus utile qu'on ne pense. La sobriété est une vertu; mais, neuf fois sur dix, c'est une vertu très-difficile à pratiquer. Eh bien! quand on ne peut se garder vertueux, il faut donc se montrer vicieux...

« Mais vicieux intelligent! De façon à ne pas souffrir soi-même de ses sottises... et surtout à n'en point faire souffrir... ou profiter les autres! »

Aux premiers mots de ce dialogue du chef et de l'étranger, tous les raffinés, suspendant les conversations particulières, étaient demeurés attentifs, guignant les préliminaires de la bataille.

Lafeymas, cependant, — qui n'avait pas été heureux dans cette escarmouche, — reprenait en ricanant :

— Je maintiens plus que jamais mon éloge, monsieur Siméonis. Vous êtes admirable! Toutes les gardes... même celle contre l'ivresse!..

— Et la curiosité, ajouta Pascal. — Et il poursuivit en s'inclinant : « Une garde de luxe ici, celle-là. Comme tous ces messieurs, vous êtes trop homme du monde, cher monsieur de Lafeymas, pour vous ingénier à découvrir, par des moyens détournés, ce qu'on veut vous cacher.

Un mouvement qui disait aussi bien la colère que l'approbation accueillit la conclusion, évidemment ironique, de Pascal. Il lui plut de paraître croire à l'approbation; il s'inclina derechef.

— Alors, dit Mirabel, rompant le premier un silence pendant lequel chacun avait, sous des influences diverses, tenu ses yeux attachés sur cet ennemi toujours prêt à la riposte; — alors, c'est à un maître que vous devez vos incalculables mérites et qualités, monsieur Pascal Siméonis? Vous l'avouez?

— Et pourquoi ne l'avouerais-je pas, monsieur? répliqua l'aventurier. Il n'y a que Dieu qui tienne tout de lui-même, puisqu'il est Dieu, la source éternelle de tout bien, de toutes beautés. L'homme, ce ver de terre, doit à tout et à tous. A Dieu, d'abord, et à la nature; quelquefois aussi à son prochain!

« Et il serait un ingrat de l'oublier.

— Oh! oh! fit Grébillac, mais c'est de la haute philosophie, cela! Que nous disiez-vous donc que votre maître ne vous avait pas enseigné la sagesse?

— Je voulais dire, monsieur, que je n'ai, paraît-il, pas beaucoup profité de ses sages leçons, puisque je me plais à faire et dire des folies... en société de fous!...

— De fous!... de fous!... grommela un chevalier de Bertoni; l'expression est risquée, monsieur? On estime peu les fous... On s'en soucie moins encore!

— Mais vous êtes des fous dont on se soucie, vous, messieurs; et la preuve, c'est que j'ai saisi avec empressement l'honneur et la joie d'entrer en relations intimes avec vous!

— Enfin, dit Vertgrignon, ce maître, ce fameux maître expert en tant de choses, quel est-il, où est-il? Pouvez-vous nous l'apprendre? Car, en vérité, à mes moments perdus, j'irais bien à son école, moi!...

— Et moi aussi! — et moi aussi! répétèrent une quinzaine de voix goguenardes.

Pascal, très-sérieux :

— Je ne demande pas mieux que de vous dire quel il est, messieurs, et où vous le trouverez... mais je dois vous avertir d'abord qu'il habite un peu loin.

— Bah!... En Chine? fit Mirabel.

— Pas en Chine, mais aux Indes.

— Vous êtes donc allé aux Indes, monsieur Siméonis? dit Lafeymas.

— Je suis allé un peu partout.

— Et ce maître?

— Est un fakir mahométan de la côte de Coromandel. Il se nomme Padvamati et réside à une dizaine de lieues de Madras. C'est un fakir *mollah* ou docteur. Oh! il a une immense réputation dans le pays. Maintenant, si ces messieurs souhaitent se renseigner sur le plus court chemin pour gagner l'Indoustan, je suis à leur disposition. Ravi, aujourd'hui comme toujours, de leur être agréable.

* * *

Les raffinés gardaient de nouveau le silence, en proie, pour la plupart, à des sentiments qui, pour éclater menaçants, ne demandaient qu'un signal du chef...

Mais, au lieu d'un signal hostile, le chef, heurtant du sien le verre de Pascal, s'écria gaiement :

— C'est merveille, vertujeu! de vous entendre vous gausser des bavards et des indiscrets, monsieur, et, mes amis et moi, nous vous félicitons en toute conscience.

« A votre santé!... — Messieurs, à la santé de notre hôte! à la santé du buveur sans pareil, du roi des facétieux!... »

Lafeymas l'ordonnait; les bravaches répétèrent le toast porté par lui. Les verres se rencontrèrent dans un choc fraternel...

Seulement, fut-ce maladresse, fut-ce à dessein, mais le verre de Vertgrignon, en frappant contre celui de Pascal, s'y prit si rudement, qu'il le cassa...

— Excusez-moi, dit le Normand, affectant la confusion, mais je casse tout ce que je touche!...

— Je plains votre maîtresse, repartit froidement Pascal.

— Vous êtes trop bon! Elle ne se plaint pas, elle! reprit d'un air fat Vertgrignon.

— Alors, dit Pascal, c'est donc que vous vous vantez... vous n'avez pas la main si rude qu'il vous plaît de le dire!

— Mais pardon, pardon!... Interrogez ces messieurs... Ils m'ont vu à l'œuvre. Je ne crains âme qui vive à tous les exercices de force.. lutte ou pugilat..

« Et, au fait, pour nous divertir... — votre fakir a dû vous enseigner cela aussi, le pugilat ou la lutte? — Voulez-vous voir qui de nous deux renversera l'autre?..

— Allons donc! monsieur... — Monsieur?

— De Vertgrignon.

— Monsieur de Vertgrignon! — Un joli nom... commode à retenir!... — Vous n'y pensez pas, monsieur de Vertgrignon! Une lutte, un combat à coups de poing en sortant de table! Bon pour le petit peuple, ces divertissements-là!...

— Vous me refusez?

— Je vous refuse absolument! Ces messieurs se moqueraient de nous, et ils auraient, ma foi, raison!

— Que non, que non, qu'ils ne se moqueraient pas de nous tant que cela!... Une ou deux reprises, seulement? Vous êtes bien taillé, vous devez être solide!....

— Hum!... hum!...

— Mais vous n'avez pas l'habitude de cette espèce d'exercice... je conçois... ça vous fait peur!...

— Oh! monsieur de Vertgrignon! quel enfantillage nous chantez-vous là! Peur, moi, qui fais métier de chasser les lâches!...

— Oh! oh!... Vous ne les chassez peut être que quand vous êtes bien sûr qu'ils pourront se sauver.

— Mais non; je vous jure qu'il y a des lâches qui ne se sauvent pas... tout de suite, au moins. La méchanceté ou l'amour-propre qui leur tient momentanément lieu de courage.

— Enfin, pourquoi me refusez-vous de vous mesurer... courtoisement... avec moi? Votre fakir vous l'a défendu?... Ce n'est pas de mode aux Indes, la lutte?

— Si... quelquefois... mais aux Indes les lutteurs ont un costume *ad hoc*... Ils sont presque nus. Or, vous êtes à peu près dans les conditions prescrites, vous, monsieur de Vertgrignon; vos habits se sont complaisamment arrangés pour ne pas vous gêner... Mais moi, je ne suis pas dans le même cas. La partie ne serait donc pas égale; et nous la remettrons, si vous le permettez, à une autre fois.

***

Une explosion de rires avait salué l'épigramme par laquelle Pascal Siméonis clôturait sa fin de non recevoir. En France on ne résiste pas à un mot drôle. Mettez les rieurs de votre côté dans une querelle, on s'apprêtait à vous lapider, on vous portera en triomphe.

Vertgrignon seul ne riait pas.

Mais Pascal ne s'inquiétait pas de Vertgrignon.

Il s'était levé.

— Partez-vous déjà, monsieur? dit Lafeymas. Il touche au plus neuf heures!

— Il est vrai, mais... quelques affaires urgentes... Des lettres à écrire...

— Bah!... vous n'allez pas travailler ce soir!

— Si vraiment!... — Allons, monsieur de la Pivardière... réveillez-vous!... Il s'agit de retourner au logis.

Tournant lentement autour de la table en considérant, successivement, du coin de l'œil, chacun des raffinés comme pour se graver sa physionomie dans la mémoire, le chasseur de lâches s'était rapproché de la Pivardière et lui frappait sur l'épaule...

Ah! la Pivardière n'avait pas été à l'école du fakir, lui; il s'était enivré comme un simple étudiant!

— Hein! quoi? balbutia-t-il en fixant sur son interlocuteur une prunelle obscurcie. Retourner au logis!.. jamais!... des gens aimables!.. Oh!... des gens bien aimables que ces messieurs.. je ne les quitte plus!

— Ces messieurs sont très-affables, je ne le conteste point mais il y a un terme à tous les plaisirs! Je vous ai amené.. je veux vous remmener..

« Voyons, voyons... votre femme vous attend... elle serait chagrine si vous ne rentriez pas!

— Ma femme!.. ah! ma femme!... Laquelle?

— Comment, laquelle? fit Mirabel. Vous en avez donc plusieurs?...

— Plusieurs... non... mais j'en ai deux!... Oui, j'en ai deux là!... Quand vous rirez tous!... j'en ai une laide et une jolie.. la laide qui travaille pour la jolie... et la jolie... la jolie qui croque les écus de la laide! Hein! ce n'est pas trop bête, ça J'ai une femme à Paris... dame Monique Latapie... la mercière du *Chariot-d'Or*.. une bonne maison... une excellente maison!.. Et puis j'en ai une seconde... pas une seconde maison.. oh! non! Une seconde femme... ma Sylvie... ma petite Sylvie... à...

— Assez!... vous divaguez, mon cher!... Buvez cela, et vite, je vous prie, ou je me fâche!...

Pascal *priait* ainsi la Pivardière en lui tendant un verre d'eau dans lequel il avait jeté quelques gouttes d'une liqueur contenue dans un petit flacon qu'il venait de tirer de sa poche...

Et, malgré lui, subissant l'ascendant de son compagnon l'époux de la mercière, non sans une grimace, absorba, en cinq à six gorgées, la boisson qu'on lui présentait...

Mais les raffinés, que les confidences de l'ivrogne amusaient se récrièrent:

— Pourquoi empêcher votre ami de parler! disait l'un: *In vino veritas*. Ah! il a deux femmes, le scélérat!...

— Une laide et une jolie!...

— Mais alors, il est bigame!...

— Tout simplement!... Un cas pendable!

— Il faut qu'il nous dise où est la jolie, ou nous le dénonçons au Châtelet!

— Oui, oui, il le faut! Il le faut!

— Il faut que vous le laissiez s'éloigner, messieurs, dit Pascal, et en face de mon désir, surtout, vous avez trop d'esprit pour user... même d'une douce violence, à l'égard d'un pauvre diable à qui l'ivresse avait enlevé la raison...

« *Avait enlevé*... car, voyez-le, maintenant... il n'est plus gris!.. — M'entendez vous, la Pivardière? Nous partons n'est-ce pas, mon ami?

— Oui, monsieur Siméonis... oui, nous partons.. très-volontiers. J'ai trop bu, ma tête est lourde; l'air et la marche me feront du bien.

Un feu roulant d'exclamations de stupeur accueillit ces paroles d'Anténor.

— Mais c'est de la sorcellerie! dit Grébillac. Quoi, les quelques gouttes de ce liquide que vous avez fait boire à votre ami...

— Ont suffi pour le dégriser; sans doute.

— Un remède contre l'ivresse. Mais c'est précieux! s'écria Mirabel. Est-ce que cela vous vient encore de votre fakir?

— Toujours de mon fakir, oui. — A votre service!

— Oh! j'accepte!... Et cela coûte?...

— Pour tout autre que vous, dix louis. Pour vous, rien.

Pascal tendait gracieusement le flacon à Mirabel.

— Ah! je ne m'étonne plus si vous ne vous grisez pas monsieur Siméonis! dit le chevalier de Bertoni. Vous avez toujours en poche une égide!

— Par mesure de précautions à l'usage de mes amis, en effet, monsieur. Je me contente de ma volonté, moi, pour ne point me laisser vaincre par le vin...

« En route, la Pivardière!

— Et, comme cela, c'est décidé?... Vous, si vaillant, si fort, si habile, vous reculez devant un simple semblant de lutte? Mais si vous craignez de froisser vos beaux habits e jouant, je ne vous empêche pas de les retirer, moi, au contraire! Vous les remettrez après... si vous pouvez?

C'était Vertgrignon qui adressait ces mots à Pascal; Vertgrignon qui, sur un regard furtif du chef, — tandis que les raffinés examinaient la panacée contre l'ivresse, — avait tiré d'un angle une table en chêne massif, — utilisée en manière de crédence par les valets pendant le souper, — et qui, assis sur cette table, barrait, en ricanant, le chemin au chasseur de lâches.

Ce dernier ne sourcilla point. Considérant, comme on considère une bête curieuse, le gros Normand, juché les jambes croisées, à la façon des tailleurs, sur sa table :

— Ah çà, dit-il, c'est donc une idée fixe chez vous, monsieur... monsieur de Vertgrignon?... — Je ne me souvenais plus de votre joli nom. — Vous désirez, mordicus, éprouver la puissance de mes muscles?

— Oui.

— Et vous êtes grimpé là-dessus tout exprès pour me défier plus solennellement?

— Oui.

— Eh bien! J'y consens... — attendez! je consens à vous montrer ce que j'ai appris, en ce genre, chez mon fakir! Tenez-vous bien.

Avant que Vertgrignon, ni aucun des assistants à cette scène, n'eussent pu prévoir son intention, Pascal, plaçant une main, — une seule main, la droite, — sous le meuble qui servait si singulièrement de piédestal au Normand, l'avait élevé à hauteur d'homme aussi légèrement que si le meuble eût été une planche de sapin, et l'individu qu'il supportait, un enfant au maillot...

Mais à hauteur d'homme, — quand on mesure sur soi-même, et quand on est grand; — et Pascal avait mesuré sur lui, et il était grand! — C'est haut encore!...

Et le lecteur daignera se le rappeler; nous lui avons dit que la salle du banquet des raffinés était basse de plafond...

Pascal n'avait pas réfléchi à cela, supposons-nous, en opérant brusquement son mouvement d'ascension et, surpris par ce mouvement, Vertgrignon, d'abord, n'y réfléchit pas lui-même...

Le plafond, contre lequel sa tête heurta avec violence, lui ouvrit l'esprit.

— Aïe! hurla-t-il, aplati, par le contre-coup, sur la table. Assez!... assez!...

— Vous n'êtes pas bien là-haut? repartit Pascal, d'un grand sang-froid.

Et sa main d'acier au bout de son bras de fer élevait toujours de plus en plus la table...

Et l'infortuné cadet de Normandie, s'épuisant en vains efforts pour se dérober à son supplice, s'aplatissait de plus en plus entre la table et le plafond en répétant d'une voix qui s'en allait s'éteignant : « Assez!... assez! »

Et, confondus par la vue de cet acte incroyable, les raffinés, — sans en excepter leur chef, — demeuraient immobiles et muets.

Enfin Pascal se lassa au jeu; il abaissa son bras, remit la table à terre...

Il était temps. Vertgrignon, rentré en lui-même, recroquevillé, violet, haletant, avait l'air d'un crapaud écrasé qui va rendre ce qui lui sert d'âme.

— Venez-vous, à présent, la Pivardière? fit Pascal. — Messieurs, à l'avantage.

Et, ayant salué son hôte et ses amis, le chasseur de lâches, au bras d'Anténor, sortit tranquillement de la salle.

VI

Trio de démons.

Si les malédictions pouvaient anéantir un homme, assurément Pascal Siméonis n'eût pas été loin au sortir du cabaret du *Cœur-Volant*.

Mais les malédictions sont impuissantes. Et c'est heureux, car les méchants, — les seuls qui en usent et abusent, — auraient bientôt fait de dépeupler le monde.

Un grand tumulte avait succédé, dans la salle du cabaret, au silence de statues provoqué par le spectacle de l'étrange punition infligée par Pascal à Vertgrignon. Quelques-uns des bravaches entouraient en criant le Normand qui commençait à reprendre vent...

D'autres, non moins prodigues de clameurs, environnaient le chef, lui demandaient quelle vengeance il tirerait de ce brutal, qui, en manière de plaisanterie, se permettait de faire d'un homme une galette!...

Rendons justice à Lafeymas; il ne paraissait pas plus ému des cris des uns que des gémissements plaintifs de l'autre...

Peut-être se disait-il, à part lui, que tout compte fait, Pascal Siméonis méritait plus d'être approuvé que blâmé. On avait voulu l'étrangler; il avait à demi écrasé; il était dans son droit.

C'était un homme de sens, bien qu'un coquin, que M. Isaac de Lafeymas, l'exécuteur des volontés ténébreuses du cardinal de Richelieu.

A ce moment, Ribeaupierre, perçant la foule, s'avança et présenta une lettre à l'amphitryon.

— De la part de qui? fit Lafeymas.

— Je l'ignore, seigneur, répliqua le cabaretier. C'est un valet qui vient de me remettre cela, en me disant qu'il y avait une réponse.

« Un valet de bonne mine, ma foi! — Il attend dans la grande salle. »

Lafeymas brisa le cachet et lut ce qui suit :

« Vous êtes attaché au cardinal-ministre; vous aimez l'or. Voulez-vous servir utilement Son Éminence? Voulez-vous gagner vingt-cinq mille livres? Venez. On vous offre immédiatement des garanties et des arrhes. »

Point de signature. — Qui avait écrit cela? Un ami ou un ennemi? Était-ce une affaire, était-ce un piége?

Lafeymas relisait le billet en en étudiant les caractères, comme s'il eût espéré qu'ils lui révéleraient quelle sorte de main les avait tracés. On peut en effet juger les gens sur leur écriture. Mais celle-ci bravait l'analyse. Ferme, bien que courue, nette, régulière, bien que sans apprêts, il était impossible de lui assigner positivement un certificat d'origine, d'assurer qu'elle appartenait plutôt à un homme qu'à une femme.

— Voyons le laquais, se dit Lafeymas, il sera peut-être moins mystérieux.

Et il passa dans la grande salle.

Le laquais était revêtu d'une livrée grise ressemblant à toutes les livrées grises. Un garçon de bonne mine, en effet, qui s'inclina profondément à l'aspect du chef des raffinés.

— Vous me connaissez, l'ami? demanda ce dernier.

— J'ai eu l'honneur de voir quelquefois monseigneur au Cours-la-Reine.

— Bon! Et chez votre maître aussi, peut-être?

Le valet se tut, cette fois.

— Et comment se nomme votre maître... ou votre maîtresse? reprit Lafeymas.

— J'ai ordre de ne rien répondre à ce sujet à monseigneur.

— Cependant, pour vous suivre... — Au fait, comment dois-je me rendre près de celui... ou de celle qui vous envoie?

— Une chaise à porteurs attend monseigneur.

— Ah!... — Eh bien! avant de monter dans cette chaise, il me semble qu'il serait utile de m'apprendre...

— Pardon si j'interromps monseigneur, mais j'ai l'honneur de lui répéter que je ne dois rien lui apprendre. Seulement, dans le cas où il balancerait à me suivre, je suis chargé de remettre à monseigneur cet objet, qui le décidera peut-être.

L'objet en question, renfermé dans un écrin, était une magnifique émeraude de Sibérie, montée en bague et valant environ cent louis.

Une des arrhes promises qui venait au-devant de Lafeymas.

— Ma foi, se dit celui-ci en fourrant prestement écrin et bague dans sa poche, je serais par trop prudent de refuser ma visite à une personne qui a de si galantes façons de la solliciter. Ennemie, à moins qu'elle ne réussisse à me tuer, je défie bien cette personne de me reprendre sa bague!... Amie... amie, parbleu, quand on sème si facilement les pierres précieuses, on ne doit pas regarder aux écus.

Ribeaupierre se tenait à quelques pas.

— Vous direz à ces messieurs que nous nous reverrons demain! cria Lafeymas au cabaretier. En attendant... ils n'ont plus de vin, je crois?

— Oh! mais j'en ai encore deux paniers... et du meilleur, à leur service, seigneur. Les vingt-cinq pistoles que m'a remises, en arrivant, le beau cavalier qui vient de partir, ne sont pas toutes bues...

— Eh bien! portez donc vos deux paniers à ces messieurs. Et à demain soir, ici... qu'ils s'en souviennent. Adieu.

Lafeymas avait sauté dans la chaise qui stationnait à la porte. Une chaise élégante tendue de velours intérieurement et fermée de glaces recouvertes de rideaux en satin. Soulevant un de ces rideaux, Lafeymas regarda quelle direction prenait son véhicule. On remontait la rue Saint-Denis; bientôt, à l'horizon, on aperçut, se dressant vers le ciel, les clochers de Saint-Denis-du-Pas, de Saint-Pierre-aux-Bœufs, de Saint-Landry...

— Ah! nous allons dans la Cité, à ce qu'il paraît! pensa Lafeymas. Et puis, pourquoi pas? Il y a des gens riches partout!

« Bah! quand je me creuserai la tête à essayer de deviner où l'on me conduit? Au diable!... On veut me surprendre... laissons-nous faire! N'ai-je pas mon épée pour me défendre au cas où la surprise me serait désagréable!

« Mon épée! » — Ces deux mots rappelaient au chef des raffinés qu'il existait un homme qui s'en souciait comme d'une latte, de son épée! — « Oh! cet homme, ce Pascal Siméonis, ce chasseur de lâches! poursuivit-il en serrant les dents à ce souvenir, il faudra bien pourtant qu'un jour je prenne ma revanche de toutes les humiliations que je lui dois!... — Un jour!... Mais lequel? Si je pouvais seulement me glisser dans sa vie par quelque mauvais côté... à la bonne heure... j'aurais beau jeu alors. »

Mais la chaise s'était arrêtée; un valet, — le même qu'il avait vainement interrogé, — lui ouvrait la portière; Lafeymas se vit sous le péristyle d'une maison inconnue; devant lui, échelonnés sur les marches d'un escalier gothique, d'autres valets, porteurs de torches, paraissaient lui indiquer le chemin à suivre...

Il monta.

Quelques secondes plus tard et il pénétrait dans ce même salon où nous avons assisté à l'entrevue bizarre, — bizarre surtout quant à son dénouement, — du comte Henri de Chalais et de Tatiane Illitch...

Comme la veille, Tatiane Illitch était là, ce soir, dans ce salon. Seulement, ce soir-là, ce n'était point l'Amour qu'elle y attendait; c'était la Vengeance.

— La Russienne (1)! s'écria Lafeymas.

— Moi-même, repartit Tatiane, en saluant le gentilhomme.

Et elle ajouta, mi-grave, mi souriante:

— Ne vous agrée-t-il donc pas, messire de Lafeymas, que j'aie éprouvé le désir de causer un instant avec vous?

— Comment donc! madame... Mais je suis très-flatté, au contraire, très-honoré...

La vérité est que messire de Lafeymas se sentait quelque peu troublé. Ce n'était pas un galantin que l'ex-avocat au Parlement de Paris, spadassin attitré pour le quart d'heure, en attendant que, reprenant la robe, sur l'ordre du cardinal, il devînt maître des requêtes, conseiller d'État et lieutenant civil. Il aimait « à pendre, » avant tout, à compter ses écus ensuite, et à conter fleurettes après. Encore choisissait-il les minois auxquels il s'adressait, et les choisissait-il généralement dans les classes inférieures. En fait d'amour, messire de Lafeymas préférait la piquette aux crûs généreux. Chacun son mauvais goût. Depuis que la Russienne, — comme il l'appelait, — habitait Paris, il avait eu maintes fois occasion de la rencontrer, mais sans jamais avoir celle de lui adresser la parole. Et cette occasion se fût présentée que peut-être il l'eût, à dessein, laissée échapper. Nous le répétons, ce passionné de la potence avait peu de penchant pour les femmes.

— On ne peut pas tout aimer.

On conçoit, d'après cette esquisse psychologique, l'étonnement, la gêne du chef des raffinés en se trouvant tout d'un coup en face de Tatiane. Cet homme qui avait toujours regardé la mort en face, — qu'elle le menaçât où qu'elle menaçât son prochain, — demeurait les yeux baissés devant la belle Russe, debout, tournant et retournant gauchement son feutre entre ses doigts distraits...

Sans se rendre un compte exact de la cause de l'émotion de Lafeymas, — le beau peut-il supposer qu'il effraie le laid? — Tatiane eut pitié de cette émotion et employa le meilleur moyen pour la faire cesser.

— Mais qu'avez-vous donc, cher monsieur? dit-elle. Je vous l'ai écrit: il s'agit d'un service à rendre à Son Eminence monseigneur de Richelieu. Il s'agit, pour vous, d'argent... de beaucoup d'argent à gagner. — Et pas d'autre chose.

Et elle réitéra, en appuyant sur les mots: « Oh! pas d'autre chose, tranquillisez-vous! »

L'accent légèrement ironique de ces paroles piqua Lafeymas; on avait besoin de lui, donc il pouvait riposter à une quasi-raillerie par une quasi-insolence.

— Et qui vous dit, madame, que j'aie oublié la teneur de votre billet? répliqua-t-il; me prenez-vous donc pour un damoiseau qui ne voit partout que galanteries et amourettes? Je vous l'avouerai seulement, en entrant ici, au sortir de la rue, l'éclat des lumières... certaines senteurs répandues dans ce salon...

Tatiane frappa sur un timbre; et à Kotia qui accourut:

— Enlève ces fleurs, dit-elle, en lui désignant une jardinière placée entre deux fenêtres, leur odeur incommode monsieur...

Kotia avait obéi.

— Ah! l'odeur des fleurs vous entête, messire de Lafeymas! reprit froidement Tatiane, et celle du sang, non, n'est-ce pas? Vous l'aimez, celle-là?

« Eh bien, j'ai quelqu'un à faire tuer. Êtes-vous prêt? Nous allons nous entendre là-dessus. »

L'entrée en matière était vive; mais cette brusquerie même ne déplut pas à Lafeymas. On l'amenait sur son terrain, il y recouvrait tous ses avantages.

— Ah! vraiment, dit-il, vous souhaiteriez...

— J'ai promis à un homme de donner, avant peu, à son front glacé, mon dernier baiser de haine; je souhaiterais que vous m'aidassiez à accomplir ma promesse.

— Votre dernier baiser de haine! mais pour haïr tant cet homme, c'est donc que vous l'aimez bien encore?

Tatiane eut un hochement de tête qui signifiait: « Pas mal pour un ignorant! »

— Vous l'avez dit, monsieur, répliqua-t-elle; c'est parce que j'aime encore cet homme de toute mon âme que je préfère le voir mort plutôt que dans les bras d'une autre.

— Très-bien!... Une observation maintenant, madame. Nous jouons cartes sur table. Vous me manifestez vos désirs parce que vous me supposez très-capable d'y souscrire, et je ne feins pas de me regimber contre votre opinion, parce que je vous sais très-capable de la dorer... convenablement... — C'est à merveille.

« Cependant, quelque estime que vous fassiez de mon courage et de mes talents, et en quelque estime que j'aie votre fortune et votre reconnaissance, vous n'ignorez pas que je ne suis point un *bravo* à loyer, un estafier de profession qui s'embusque à la corne d'un bois ou au coin d'une borne, prêt à frapper la victime qu'on lui désigne?

(1) Russien, Russienne, expressions communément usitées autrefois, et remplacées aujourd'hui par ce mot, des deux genres: *Russe*.

« J'appartiens à un parti, madame: le parti de la force appuyé sur le génie; j'ai un maître, et je vous déclare que si l'homme en question est des amis de mon maître... »

Tatiane haussa les épaules.

— Décidément, monsieur, interrompit-elle, le parfum des fleurs vous a désorganisé les sens? Vous me disiez tout à l'heure que vous n'aviez pas oublié le contenu de mon billet... vous me trompiez, sinon...

— Ah! s'écria Lafeymas, illuminé, votre ennemi est aussi celui de M. de Richelieu?

— Et l'un des plus redoutables! Eh! sans doute!

— Et il se nomme?

Tatiane hésita. — On eût hésité à moins.

— Le comte de Chalais, dit-elle enfin.

— Le comte de Chalais, répéta vivement Lafeymas. Ah! le comte de Chalais! Oui, oui... je me rappelle à présent... il a été votre amant... et il est aujourd'hui celui de la duchesse de Chevreuse!... Une brouillonne.. une folle... l'amie de la reine, de Monsieur... par conséquent l'adversaire acharnée du cardinal...

« Et il existe une conspiration dont vous avez surpris les fils, que vous allez me livrer. Ah! ah! une conspiration!... Cela ne m'étonne pas! il y a longtemps que je me défie de cette duchesse de Chevreuse! Quant au comte, je n'aurais pas cru!... Qu'a-t-il à envier, lui? Riche, jeune, favori du roi... au comble des honneurs, de la fortune!... Mais sa maîtresse l'aura conseillé, entraîné. Enfin, parlez, parlez, madame... dites-moi tout ce que vous savez... tout; je vous écoute!... »

Tatiane contemplait Lafeymas, que ravissait l'idée de pouvoir avant peu faire parade de son dévouement au cardinal, arpenter à grands pas le salon en se frottant les mains et en dardant autour de lui des regards fulgurants comme ceux d'une hyène...

Et un rictus dont l'expression tenait tout à la fois du dégoût, de l'horreur, et du dédain, plissait les lèvres de la belle Russe.

— Eh bien! reprit le chef des raffinés en s'arrêtant brusquement, eh bien! vous ne me dites rien?

— Pardon, répliqua Tatiane, pardon, messire de Lafeymas, je vous dis que, pour un homme d'esprit que je vous croyais, vous vous comportez en ce moment comme un niais.

— Hein!

— Comment, lorsque je vous propose vingt-cinq mille livres pour... pour m'obliger, vous vous imaginez que je vais encore vous fournir les moyens d'accomplir votre besogne. Allons! vous êtes fou, en vérité! Mais si j'avais surpris, comme vous dites, les fils d'une conspiration contre le cardinal, à quel propos vous appellerais-je. Son Eminence n'est pas inaccessible; j'irais droit à elle, et bientôt les conspirateurs seraient punis... bientôt je serais vengée...

« C'est tout simple, cela! »

Lafeymas, un peu confus, retomba sur son siége.

— En effet, dit-il, je calculais mal! L'ardeur de mon attachement à Son Eminence qui m'emportait!

« Enfin, si vous n'avez pas de certitudes encore, pas de preuves pour me guider, vous avez au moins des soupçons, des indices? Qui vous a donné à penser que la duchesse de Chevreuse et M. de Chalais ourdissaient une cabale?

— Tout... et rien.

— C'est beaucoup et ce n'est pas assez.

— Si... ce doit être plus que suffisant pour vous. Maintenant, — prêtez-moi toute votre attention! — Si la duchesse et le comte sont trop haut pour qu'il vous soit facile d'épier et de suivre leurs intrigues, il est quelqu'un qu'en surveillant de près, en vous appropriant, soit par violence, soit par caresse, — ceci est votre affaire, — il est quelqu'un qui pourrait peut-être vous mettre sur la piste voulue...

— Et ce quelqu'un?

Est un homme qui appartient, j'en suis sûre, sang et cœur, à M. de Chalais. J'en suis sûre! Après une visite à Fleurines où, sans doute, il était allé prendre les instructions de la mère du comte, cet homme, qui avait deviné en moi une ennemie de son maître, n'a pas craint, pour me connaître, de me faire une mortelle injure.

— Et le nom de cet homme... son nom, le savez-vous?

— On sait tout ce qu'on veut savoir. Il ne m'avait dit que sa qualité, lors de notre rencontre dans une cabane sur la route de Fleurines. Cela ne me suffisait pas. Un de mes gens l'a attendu à son entrée dans Paris... l'a suivi...

« Cet homme se nomme Pascal Siméonis, dit le chasseur de lâches. »

Un cri avait jailli de la gorge de Lafeymas.

— Pascal Siméonis! répéta-t-il.

— Vous le connaissez? demanda Tatiane.

— Si je le connais!.. Ouf, certes!... C'est à dire qu'il y a un moment, je ne le connaissais que comme un de ces individus dans lesquels, d'instinct, on sent un dangereux antagoniste!... Mais grâce à vous, madame, à cette heure!... Ah! Pascal Siméonis, le chasseur de lâches, appartient au comte de Chalais... et il se fait présenter par moi à monseigneur de Richelieu!... Et il dîne avec moi... et mes amis... au *Cœur-Volant!* Oui, oui, je conçois, le drôle est aussi rusé qu'il est courageux et fort; — un triple mérite qu'on ne saurait lui contester! — Près d'entrer en campagne avec son maître contre le cardinal, il a voulu se ménager ses coudées franches dans notre camp!... Une tactique intelligente! mais nous sommes au courant de vos manœuvres, maintenant, monsieur Pascal Siméonis, et désormais nous vous défendons un pas, un geste, dont nous n'ayons immédiatement le mot!...

« Ah! tenez, madame, je ne méprise pas sans doute les vingt-cinq mille livres que vous m'avez offertes pour vous servir... en servant Son Éminence; je suis on ne peut plus sensible au présent que vous avez daigné m'adresser, à titre d'arrhes... Mais, la main sur la conscience, là, vous n'auriez eu, pour m'engager à entrer dans vos rangs, que cette joie que vous venez de me faire, en me livrant une partie des secrets de cet homme, que je vous eusse été acquis aussi sérieusement! Car cet homme, je le hais, voyez-vous... oh! oui, je le hais! et de ce moment où, par votre aide, il m'est permis d'espérer que je le foulerai bientôt sous mes pieds, — sous mes pieds! non!... C'est au bout d'une corde que nous l'attacherons! ...A la potence! à la potence! eh! eh! — de ce moment, je n'ai plus rien à vous refuser. »

Lafeymas avait repris sa marche capricieuse à travers le salon, frappant de la main les meubles sur son passage, aiguisant fièrement les crocs de sa moustache, assurant son épée à son côté, riant, chantonnant tout en parlant, se livrant enfin à toutes les marques de la joie la plus extrême, la plus inattendue.

Cependant Tatiane allait l'inviter à lui donner quelques explications nécessaires touchant ses relations avec Pascal Siméonis; mais comme elle ouvrait la bouche à cet effet, Lafeymas, — vivement, quoique respectueusement, — arrêtant, d'un geste, la parole sur ses lèvres :

— Plus tard... une autre fois, je vous conterai ce que vous désirez apprendre, madame.. dit-il; ce qu'il est tout naturel que vous appreniez après m'en avoir tant appris vous-même. Ce soir, l'heure s'avance; ne vous semble-t-il pas qu'il vaudrait mieux convenir de nos faits.., quant au principal objet de vos ressentiments? — Pour vous, n'est-il pas vrai, Pascal Siméonis n'est qu'un comparse dans le drame... nous aur donc toujours le temps de nous occuper de lui!...

« Mais le comte Henri de Chalais... oh! c'est bien différe Voyons... si j'ai bien saisi votre pensée, madame... *un dern baiser de haine à son front glacé... Mort plutôt que dans les b d'une autre;* c'est assez clair, tout cela... — Vous êtes décid à tout?

— A tout! répéta sourdement Tatiane. — Et elle reprit regardant fixement le chef des raffinés : — A tout, hormis l'a sassinat!

Lafeymas eut un geste superbe.

— C'est convenu, parbleu! dit-il. Fi donc! l'assassinat! un procédé à l'usage du commun des martyrs! Mais un com de Chalais... un grand seigneur qui complote contre l'État contre le premier ministre... cela meurt... — au grand jour — la tête tranchée sur un échafaud!

Involontairement, Tatiane frissonna.

— Eh bien, reprit l'homme de sang, nous allons donc avis au moyen de livrer au bourreau une des plus nobles têtes France!... Quel sera ce moyen?... comment le découvriron nous?... Ainsi que vous le disiez très-justement tout à l'heur madame, ceci me regarde... et je ferai tous mes effor croyez-le, pour m'en tirer à mon honneur...

« Cependant... »

Lafeymas s'interrompit. Kotia, l'esclave, entrait dans salon.

— Qu'y a-t-il? dit brusquement Tatiane.

— Pardonnez-moi, barynia; c'est un jeune homme qui d mande à vous entretenir.

— A dix heures du soir. Une heure singulière, — pour u visite. — Comment se nomme ce jeune homme?

— Il ne veut dire son nom qu'à vous, barynia.

— En vérité!... — Et est-ce que je le connais? Le conna tu, toi?

— Il me semble l'avoir vu, il y a cinq ou six mois qua vous habitiez dans le quartier du Louvre, maîtresse. Au rest prévoyant que vous hésiteriez à le recevoir à cette heu avancée, il vous prie, pour faire cesser cette hésitation, vous souvenir de l'histoire du *portrait perdu.*

— Le *portrait perdu!*

Tatiane frappa des mains comme quelqu'un qui se ra pelle un fait intéressant.

— Je sais, alors, je sais quel est ce jeune homme! s'écri t-elle.

Et, à demi-voix, elle poursuivit :

— Que me veut-il? Que peut-il me vouloir?

Dès le début du dialogue entre la camériste et sa maîtress Lafeymas s'était discrètement préparé à prendre congé.

Il salua, mais s'apercevant que, préoccupée, la Russe rest indifférente à son salut :

— Je me retire, n'est-ce pas, madame? dit-il.

— Hein! fit-elle, vous partez, monsieur de Lafeyma Pourquoi partez-vous?

La physionomie du chef des raffinés répondait clairem pour lui : « Mais parce que je n'ai plus rien à faire ici, pui qu'un importun vous arrache à ma société! »

— Eh bien! non, il ne faut pas que vous partiez! rep vivement Tatiane. Il ne le faut pas... avant, du moins, que n'aie parlé à ce jeune homme qui est là! — Un parent comte de Chalais.

— Un parent du comte de Chalais?

— Oui; un avocat nommé Firmin Lapradt.

— Firmin Lapradt... je ne connais pas cela.

— Mais je connais *cela*, moi... et, je ne sais pourquoi j'a gure que *cela* peut nous être utile... très-utile, même.

« Allons! si, indépendamment de la piste, je vous donn encore un limier de choix pour courre le gibier, je n'aura pas trop mal payé de ma personne, dans notre chasse; qu'e pensez-vous, monsieur de Lafeymas?

« Et il m'est avis aussi que semblable perspective vaut bi une demi-heure de patience de votre part?

Lafeymas s'inclina.

— Mais j'aurai toute la patience nécessaire, belle dam dit-il.

— Il suffit. Demeurez donc ici. — Kotia, apporte des rafraîchissements à monsieur de Lafeymas.

Et Tatiane s'élança hors du salon.

En quelques lignes, disons quels rapport existaient entre Tatiane Illitch, la Moscovite, et Firmin Lapradt, l'avocat; nous n'en serons que plus à l'aise ensuite pour poursuivre notre récit.

Vers la fin de l'année précédant celle où se passe cette histoire, soit en septembre 1625, un soir, Firmin Lapradt se promenant, solitaire, au Cours-la-Reine, fit une trouvaille qui ne laissa pas, de prime-saut, que de lui secouer le cœur, d'un de ces mouvements mauvais... — qui lui étaient assez familiers, à ce monsieur.

La trouvaille en question consistait en un portrait, un délicieux portrait d'homme, peint en miniature par Michel Castello; — un des maîtres en ce genre, à cette époque. — Mais du mérite de l'œuvre en elle-même, Firmin Lapradt commença par se soucier moins que faiblement; ce qui le frappa tout de suite, — aux yeux, en les aveuglant, — ce fut l'éclat des diamants qui formaient une auréole autour de la miniature; une centaine de diamants, tous égaux de volume et de pureté, et qui, convertis en espèces sonnantes et trébuchantes, devaient représenter, pour le moins, la somme de trente à quarante mille livres.

Firmin Lapradt s'était hâté de regagner son logis et de s'y enfermer à double tour, pour examiner à loisir son aubaine, loin des curieux. A la lueur des bougies les pierres précieuses lui parurent encore plus belles; mais lorsqu'il se fut, quelques minutes, enivré de leurs rayonnements, son regard s'étant enfin posé sur l'image...

— Mais c'est le comte de Chalais! s'exclama-t-il.

Et il disait vrai. Ce portrait était celui du comte Henri de Chalais; du comte Henri de Chalais qu'il ne connaissait encore que de vue. — Simple étudiant, alors, et bien que l'envie ne lui en manquât point, jamais il n'eût osé approcher, seul, un homme si fort au-dessus de lui! — Et comme si, une fois lancé dans la voie des révélations, Firmin Lapradt ne dût plus s'arrêter, en tirant de l'écrin qui le renfermait le portrait de son noble parent, il découvrit, gravés par derrière, sur la plaque d'ivoire, ce nom et cette date, en lettres d'or :

HENRI.

15 *février* 1625.

Et plus bas cet autre nom :

TATIANE.

Et au-dessous enfin, ce mot :

Leoubleou (1)!

Leoubleou... Firmin ne savait pas le russe, mais dans certaines occasions l'intelligence supplée à la science. — Et pour assister son esprit en ce moment, la mémoire de l'étudiant se développa : on lui avait parlé, au palais, d'une étrangère, une Russe, immensément riche, qui avait été quelque temps la maîtresse du comte de Chalais.

« *Henri* 15 *février* 1625; — fit-il, relisant; — 15 *février* 1625; la date chère à *Tatiane*. La date de la première entrevue, sans doute! *Leoubleou! Leoubleou!* — avec un point d'exclamation, — *je t'aime!*

« Évidemment ce portrait appartient à la dame russe. Oui! tant d'amour et tant de diamants pour le parer... ce portrait ne peut appartenir qu'à une femme.

« Que faire, maintenant? le rendrai-je? ne le rendrai-je pas? Hum!... Si *on* n'aime plus, *on* me sera obligée bien plus en vue de l'importance des diamants qu'à cause du prix qu'*on* attache à ce portrait!...

« Et cette reconnaissance-là me vaudra-t-elle.. moralement... ce que je retirerais comme argent de la vente de ces pierres? Non.

« Mais si *on* aime encore... toujours?.. Tatiane Illitch est riche, elle doit être puissante. J'espère en la protection de M. de Chalais... mais qui m'assure qu'elle ne me fera pas défaut? Tandis qu'en acquérant par un service rendu celle de cette femme...

« D'ailleurs, ne suis-je pas à peu près dans la même situation qu'elle, si elle aime? On ne l'aime pas. — On ne l'aime plus. — Car on l'a aimée, du moins, elle!... — Eh bien, qui sait ce qu'il peut résulter pour moi des sympathies d'une âme blessée... comme la mienne? Ne m'a-t-on pas dit qu'elle s'occupait de magie, cette Russe? Peuh!... La magie, je n'y crois guère, mais je crois au savoir... je crois à la vengeance...

« Et puis, à quoi bon voler quand j'ai à ma disposition plus d'or que je n'en dépense! Décidément la reconnaissance de cette femme me rapportera plus que ne me rapporteraient ces pierres!

« Demain, j'irai les lui rendre. »

Et, sur cette conclusion, Firmin Lapradt serra le portrait, se coucha et s'endormit paisiblement.

Et, le lendemain, informations prises du lieu de sa demeure, il se présenta chez Tatiane Illitch.

Elle n'avait pas dormi de la nuit, elle, désolée qu'elle était de la perte du cher bijou.

Saisie d'un pressentiment à l'annonce d'un inconnu, elle ordonna qu'on l'introduisît sans tarder.

La première chose qu'elle aperçut fut l'écrin que Firmin Lapradt tenait à la main.

— Ah! s'écria-t-elle en bondissant vers le jeune homme, j'ignore qui vous êtes, monsieur, et quelle récompense vous allez réclamer, mais quand vous seriez le fils du bourreau, — je vous le jure! — Tatiane Illitch est dès ce moment votre amie dévouée! Quand vous me demanderiez le double de ce que valent les diamants que vous me rapportez, je vous le jure, je vous le donnerai.

« — Allons! pensa Firmin Lapradt, elle aime toujours... elle ne sera pas ingrate! »

Et, tout haut :

— Madame, dit-il, je suis riche, je ne réclamerai donc rien de votre fortune pour me récompenser d'avoir fait mon devoir.

« Mais j'ai de grands sujets de tristesse. Je suis malheureux en amour. Comme consolation de mes douleurs, l'amitié que vous daignez m'offrir, je l'accepte.

« Et, cette amitié, vous n'aurez pas à en rougir. Sans être d'une naissance illustre, je ne suis pas non plus venu si bas en ce monde, qu'on soit contraint de se baisser jusque dans la boue ou le sang pour me serrer la main. »

Firmin Lapradt faisait allusion au premier serment, — exagéré en sa forme, — de Tatiane. Elle rougit.

— Excusez l'extravagance de mes paroles, monsieur, dit-elle, mais si vous saviez combien il m'eût été cruel d'être à toujours séparée de ce portrait!

— Je le sais, madame. Je me nomme Firmin Lapradt, je suis étudiant en droit, et j'ai pour oncle, pour second père, M. le baron des Ferriers, petit-cousin par alliance de M. le comte Henri de Chalais.

Tatiane tressaillit.

— Ah! fit-elle. Alors vous connaissez le comte?

— Non, madame. Je n'ai pas encore cet honneur. Mais je ne vous cacherai pas que, d'ici à peu de temps, lorsque j'aurai été reçu avocat, je compte, avec l'appui de M. des Ferriers, solliciter en ma faveur la bienveillance de monsieur le grand-maître de la garde-robe du roi...

— Une bienveillance qu'il ne saurait à tous égards vous refuser, monsieur.

— C'est à supposer; mais, à vrai dire, quoique désireux de monter... aussi haut que mes faibles mérites... et une volonté presque souveraine pourront me porter... l'ambition,

(1) En russe : « Je t'aime! »

jusqu'ici, n'a pas été le sentiment qui ait tenu la plus grande place dans mon âme.

— C'est juste! vous êtes malheureux en amour, m'avez-vous dit. Mais ce genre de malheur n'est pas éternel... quelquefois. Quelquefois on réussit, à force de soins, à se faire aimer... de qui ne vous aime pas... ou de qui ne vous aime plus! Et, dans le cas contraire... on a la ressource de l'oubli.

Firmin Lapradt regarda fixement Tatiane.

— Vous oublierez donc Henri de Chalais, vous, madame? dit-il.

Elle pâlit.

— Non!... Oh! non!... murmura-t-elle. Mais... moi, j'espère encore. .

— Que M. de Chalais vous reviendra. — Que votre rêve se réalise, madame, c'est mon vœu le plus sincère!

« Moins favorisé que vous, moi, madame, je n'espère plus. On ne m'aime pas... et l'on ne m'aimera jamais!...

— Qui vous le prouve?

— Tout!... la force des événements; le caractère de celle que j'aime. — Une voix secrète. Cette voix intime qui ne nous ment jamais!

— Eh! cette voix peut s'abuser! Les événements peuvent changer, le caractère de celle que vous aimez peut...

— Non, je ne m'illusionne pas! La femme que j'aime ne se contente point de ne pas m'aimer, elle... elle me hait.

— Connaît-elle votre passion?

— Oh! si elle la connaissait, à sa haine se joindrait aussitôt le mépris.

— Le mépris! votre tendresse est donc de celles que les lois des hommes ou de la nature réprouvent?

Firmin Lapradt haussa les épaules.

— La flamme, dit-il, consulte-t-elle les lois de la nature et des hommes pour être la flamme... qui dévore .. qui anéantit? Mon amour n'est pas criminel encore, mais il menace de l'être!... il le sera!... A qui la faute, pourtant, si cet amour a surgi tout d'un coup dans mon cerveau, dans mes sens, dans mon cœur? A qui la faute s'il m'embrase, s'il me consume, s'il me rend fou? Tenez, madame, vous me comprenez, — vous aimez... et vous souffrez comme moi! — si tout en me disant, — tout haut, — que je n'ai rien à attendre de l'avenir, je ne me disais pas, — tout bas, — qu'il arrive... parfois... que le hasard vous assiste au moment où l'on compte le moins sur lui, avant qu'un mois ne se fût écoulé je me serais fait sauter la cervelle!...

— Une si terrible résolution...

— Est toute naturelle, madame, puisque dans un mois celle que j'aime appartiendra à un autre. A un autre qu'il ne me sera pas permis de trahir, — en pensées seulement, — sans être à mes propres yeux le dernier des misérables!

Tatiane écoutait, dans une profonde attention. Et, tandis qu'il parlait, étudiant sur la physionomie horriblement éloquente de Firmin Lapradt le jeu des tempêtes intérieures, elle se disait qu'en effet, à moins que cet homme n'eût la triste énergie de se dérober au crime par le suicide, — un crime encore, mais qui ne frappe que soi, — il ne pouvait tarder à mériter la sanglante épithète dont il venait de se stigmatiser à l'avance.

Cependant Firmin Lapradt se levait...

— Mais c'est trop abuser de vos bontés, madame, reprit-il, redevenu calme.

— Vous n'abusez point, monsieur!

Et la Moscovite continua gracieusement :

— Vous n'usez même pas. Car enfin... jusqu'ici, c'est moi qui vous suis redevable...

« Et cette amitié, que je vous ai offerte, et que vous avez acceptée, serait fière de se manifester tout de suite à vous autrement que par des paroles.

« Voyons, monsieur... en attendant une preuve plus sérieuse, — toute prête à votre première réquisition, — de la sincérité de mes sentiments, vous n'avez que faire de mon or, mais... vous êtes jeune... vous devez avoir le goût des belles choses artistiques. J'en ai quelques-unes dans ma maison... à titre de souvenir du bonheur que vous m'avez causé, faites-moi la grâce de choisir dans le nombre celles qui pourraient vous plaire. »

Cette conversation avait lieu dans un élégant boudoir tout rempli d'objets d'art et de luxe. Firmin Lapradt promena sur ces objets un regard distrait, indifférent, puis le ramenant, scrutateur, sur Tatiane :

— Vous vous livrez aux sciences occultes, je crois, madame? dit-il.

— Oui, répliqua la Russe.

— C'est-à-dire que, sous couvert de nécromancie, de cabale, de magie, — folies à l'usage des gens d'esprit pour gouverner les imbéciles, — vous pratiquez des connaissances acquises au prix de longues et difficiles études. Des connaissances en physique... en astronomie... en chimie surtout?

— Il est vrai. Mes penchants m'ont toujours portée vers la recherche des secrets de la nature. Un de mes oncles, qui avait connu dans sa jeunesse le célèbre alchimiste Bernhard de Trèves, encouragea mes aptitudes, etc..

— Et vous vous êtes occupée de poisons, par conséquent... de poisons de différentes espèces; minéraux, végétaux et animaux?

— Sans doute.

— Serais-je indiscret de vous prier de me montrer quelques échantillons de votre savoir-faire? Oh! de me les montrer, seulement!

Tatiane se dirigea en silence vers une porte ouvrant sur un couloir qui conduisait à son laboratoire; Firmin Lapradt la suivit...

Mais, soudain, se ravisant :

— Au fait, non, s'écria-t-il, posant délicatement sa main sur le bras de la Russe. Pas aujourd'hui! pas aujourd'hui!...

Et, avec un sinistre sourire, il poursuivit tout bas, mais pas assez pourtant pour que sa compagne ne pût l'entendre :

— Je n'aurais qu'à me laisser *tenter* tout de suite, et j'aurais tort! Il vaut mieux attendre encore... il vaut mieux attendre!

A son tour Tatiane regardait le jeune homme dans les yeux.

— Monsieur, dit-elle, d'une voix grave, je me suis engagée à vous octroyer, à votre première réquisition, une preuve... quelle qu'elle fût, de mon dévouement... et je ne faillirai pas à ma promesse! Cependant, songez-y : certains moyens de punir, de se venger, sont les derniers qu'il faille employer. La mort n'a pas de lendemain, et s'il ne peut plus vous manifester ses mépris, un cadavre ne peut pas davantage s'émouvoir de vos larmes.

— Madame, repartit Firmin Lapradt, du même ton employé par son interlocutrice, je répliquerai par une question à vos observations :

« Vous aimez le comte de Chalais... et vous l'aimez avec tant d'ardeur que, toute persuadée que vous êtes qu'il ne vous aime plus, lui, vous vous flattez de l'espoir de le ramener à vous.

« Eh bien! si cet espoir était déçu? Si, en dépit de votre patience, de vos supplications, de vos larmes... l'homme qui s'est agenouillé, hier, comme un esclave, à vos pieds, vous refusait demain, — comme un maître, un méchant maître, — l'aumône d'un baiser...

« Que feriez-vous? »

Un spasme convulsif agita Tatiane; ses mains se crispèrent, ses lèvres bleuirent; son visage devint livide, son œil se voila...

Elle ouvrait la bouche...

— Ne parlez pas! reprit vivement l'étudiant. Vous m'avez répondu. Et votre réponse est telle qu'elle doit être.

« Et telle qu'elle est, elle m'affirme dans cette conviction que nous avons l'un et l'autre la même manière de voir et de penser au sujet des cœurs insensibles et ingrats.

« Et il me suffit pour l'instant de la certitude de cette parité d'opinion entre nous.

« Au revoir; adieu peut-être, madame; car peut-être ne me reverrez-vous plus. Et en ce cas... c'est que *j'aurai oublié*... c'est que je serai guéri. — Et de loin alors, félicitez-moi.

« Mais si vous me revoyez... — parce que je souffrirai toujours... parce que je souffrirai plus que jamais... — souvenez-vous? Ce sera avec le droit d'exiger de vous l'accomplissement d'un serment!...

« Et je l'exigerai! »

Tatiane s'inclina.

— Soit! dit-elle.

Et Firmin Lapradt salua et partit.

***

Nous suivrons maintenant la maîtresse méprisée d'Henri de Chalais allant joindre l'homme dont la visite imprévue avait troublé son entretien avec celui dont elle voulait faire, pour le comte, un pourvoyeur d'échafaud.

Et *troublé* est-il le mot juste, ici? Non. Puisque rien qu'au souvenir de cet amant d'espèce fatale qui, dès longtemps, avait rêvé la mort comme dénouement à ses amours, Tatiane avait aussitôt auguré un instrument utile à ses projets.

L'avocat, — car Firmin Lapradt n'était plus étudiant, à cette heure, nous le savons; — l'avocat était assis dans une pièce mi-cabinet de travail, mi-bibliothèque.

Tout entier à ses réflexions, il ne vit pas entrer la Moscovite.

Et de cette préoccupation même, cette dernière tira parti. Il était là, immobile, l'œil fixe; ses coudes sur ses genoux sa tête pâle appuyée, aux tempes, sur ses mains. Tatiane l'examina, l'analysa pour ainsi dire longuement; puis, s'approchant et lui frappant sur l'épaule, elle dit :

— Vous voilà, monsieur Firmin Lapradt. — Vous souffrez donc plus que jamais?

Il se leva brusquement.

— Ah! vous me reconnaissez, madame! dit-il.

— Je reconnais toujours et partout un ami.

— Un ami!

— Sans doute!... Et la preuve que je vous considère comme tel, monsieur, c'est que je suis prête à vous donner le remède à vos maux.

« N'est-ce pas cela que vous êtes venu me demander?

— C'est cela, madame.

— Bien. — Suivez-moi.

Elle s'était approchée d'une table sur laquelle reposait un coffret d'acier merveilleusement ouvragé; elle tira de son sein une petite clef suspendue à son cou par une chaîne d'or...

Mais, au moment d'ouvrir le coffret :

— Pardon, dit-elle en regardant Firmin Lapradt, qui, debout à ses côtés, suivait tous ses mouvements avec une ardeur fébrile; mais ne serait-il pas bon, avant tout, de m'instruire de l'emploi auquel vous destinez ce que je vais vous remettre?

Et comme le jeune homme fronçait les sourcils :

— Oh! ce n'est point une vaine curiosité qui me guide! poursuivit-elle. Votre intérêt... votre intérêt seul, — celui de votre vengeance, si vous le préférez, — me commande de vous interroger.

« Car je ne m'abuse pas, n'est-il pas vrai, c'est bien une vengeance que vous méditez... et non une lâche et sotte désertion?

« Vous voulez la mort pour *elle*... et non pour vous?

— Pour *elle*... oui, je veux la mort pour *elle*, répéta Firmin Lapradt.

Et il ajouta d'un ton farouche :

— Et que ne puis-je en même temps m'en servir pour *lui!*

Tatiane eut l'air de n'avoir point entendu ces derniers mots.

— Eh bien! reprit-elle, écoutez-moi donc. Il y a des nuances encore dans le châtiment... fût-ce le plus mérité. Je puis vous donner... pour en faire usage à votre heure... une mort prompte comme la foudre. Je puis vous donner aussi une mort qui n'arrive que par degrés... lentement... sans symptômes effrayants. Une mort semblable à celle du vieillard qui s'éteint... de l'enfant que le ciel rappelle à lui. Je puis vous donner enfin une mort épouvantable... hideuse : s'annonçant par des tortures atroces... s'accomplissant au milieu d'un bouleversement général de tout l'organisme. La tête se perd... le corps se tord... Une décomposition hâtive ravage la victime... si hâtive que ce corps, ce visage qu'on admirait encore, malgré soi, une minute auparavant, deviennent tout d'un coup pour vous un objet de dégoût et d'horreur..

« Laquelle de ces trois morts choisissez-vous! Parlez? »

Firmin Lapradt avait frémi en entendant la Moscovite lui développer ainsi froidement, — comme eût fait un marchand exhibant ses marchandises, — les divers effets de ses poisons.

— Je veux la mort prompte... rapide comme la foudre! balbutia-t-il.

— A vos ordres, dit Tatiane toujours calme.

Elle ouvrit le coffret.

Sur un lit de satin, là-dedans, rangées symétriquement comme les pièces d'une parure dans un écrin, reposaient une vingtaine de petites boîtes en cristal de roche, toutes colorées d'une manière différente, suivant la nature de la poudre ou des globules que chacune d'elles contenait...

Tatiane prit une boîte à reflets violets...

Pour la saisir, Firmin Lapradt avança la main...

Mais, écartant l'objet désiré par un mouvement analogue à celui d'une mère qui joue avec son enfant :

— Là! là! s'écria la Moscovite, une minute, s'il vous plaît, monsieur Firmin Lapradt! Cette boîte contient la vengeance, — le plaisir des dieux, assure-t-on. — Un tel présent de ma part ne mérite-t-il pas de la vôtre quelque reconnaissance?

Les sourcils du jeune homme se contractèrent de nouveau

— Des conditions! s'écria-t-il. Il me semblait, après ce que vous m'aviez solennellement promis, il y a six mois, que je n'en avais point à redouter aujourd'hui!

Tatiane fit un geste négatif.

— Des conditions, non... reprit-elle. Je n'en mets point... je n'en saurais mettre au service que vous êtes en droit de réclamer de moi.

« Mais vous admettrez, je pense, que l'espèce même de ce service établisse entre nous une certaine... solidarité... — pour ne pas employer une autre expression... plus exacte.

« Et, au fait, non; mettons les points sur les i, monsieur Firmin Lapradt. Il est des heures où l'on a tout à gagner à se parler à cœur et à visage ouverts. Et nous sommes dans une de ces heures.

« Vous avez résolu de tuer, je vous fournis les moyens de tuer; je suis donc votre complice.

« Or, ce n'est plus l'amie, c'est la complice qui vous parle à présent, et qui vous dit : Pour assouvir la haine allumée en vous par le mépris, vous voulez jeter une femme dans la tombe. Pour assouvir la haine allumée en moi par l'abandon, je veux jeter un homme à l'échafaud!

« Je vous ai aidé dans votre vengeance, monsieur. Aidez-moi dans la mienne; votre fortune est faite. »

S'exprimant ainsi, Tatiane rivait ses yeux aux yeux de Firmin Lapradt comme si elle eût espéré lui communiquer, par une sorte de fascination, de magnétisme, la flamme qui la brûlait.

Mais Firmin Lapradt, secouant la tête :

— Quand l'âme appartient tout entière au présent, dit-il, c'est mal choisir le moment que de lui parler d'avenir!

« Que m'importe la fortune désormais en ce monde, puisque j'y serai seul!...

— Seul!... Allons donc!... Vous êtes jeune! A votre âge on oublie!... On oublie les morts surtout!...

Firmin Lapradt sourit d'un singulier sourire.

— Vous êtes jeune aussi, vous, madame. C'est donc pour le mieux oublier que vous rêvez d'envoyer le comte de Chalais à l'échafaud?

Il avait lu dans la pensée de Tatiane. — Et pareille perspicacité n'avait rien qui pût la surprendre ou l'alarmer; et elle n'en fut non plus ni émue, ni surprise.

— Vous l'avez dit, monsieur, répliqua-t-elle, mort l'objet de mon amour, mort aussi, j'espère, sera mon amour.

— Vous espérez!...

— Et n'avez-vous pas même espérance?

— Oh! moi, l'objet de mes douleurs au tombeau, je n'aurai malheureusement accompli encore que la moitié de ma tâche...

— Ah !... Il vous restera un mari détesté... un amant à punir?

Firmin Lapradt détourna les yeux.

— Un mari... non... non !... fit-il. Je dois respecter ses jours, à ce mari. D'ailleurs *elle* ne l'aime pas... ce n'est pas lui qu'*elle* aime, pourquoi le punirais-je?

— Mais celui qu'elle aime... l'amant... votre rival... songez-y, Firmin Lapradt, celui-là, — quelque riche, quelque haut placé qu'il puisse être, — avec le fer, — si vous n'osez employer contre lui le poison, — avec le fer, il vous sera facile de vous en débarrasser.

« Et avec quoi achète-t-on le fer qui venge? Avec de l'or! Et je vous l'ai dit : soyez à moi, une partie de mon or est à vous. »

Firmin Lapradt commençait à se sentir ébranlé.

— Après tout, dit-il, il est sûr qu'il y a d'autres protections que celle de M. le comte de Chalais pour faire son chemin.

— Certes !... La protection de monseigneur de Richelieu, par exemple.

— Ah ! .. C'est pour le compte de M. de Richelieu...

— Que vous vous mettrez en campagne... en apparence... oui.

— Je comprends; — en réalité, c'est pour vous que je guerroyerai.

« Eh bien, je ne dis pas non, madame. Cependant... pour livrer au bourreau M. de Chalais... le favori du roi... de Monsieur... encore faut-il qu'il y ait... apparence aussi... de motifs. Il conspire donc contre le premier ministre?

— Oui.

— Vous en êtes certaine?

— Oui...

— Qui vous l'a dit?

— Personne jusqu'ici. Qui me le dira bientôt? Vous.

— Moi!

— Vous!... Votre qualité d'allié vous ouvre les portes de la maison de M. de Chalais...

— Une lettre de la comtesse sa mère me les ouvrira plus grandes encore...

— Une lettre de sa mère? Vous avez vu récemment madame de Chalais?

— Je lui ai été présenté hier, à Fleurines, par mon oncle, le baron des Ferriers, avec qui j'arrivais de Beauvais.

— A Fleurines! Vous étiez hier à Fleurines? A quelle heure?

— Vers deux heures de l'après-midi.

— L'heure où je quittais le château.

— Ah !... Vous aussi, vous...

— Permettez!... Si vous étiez à Fleurines, hier, à deux heures, vous avez dû rencontrer, là-bas, un homme, une espèce d'aventurier, dévoué, paraît-il, à la maison de Chalais?

— Pascal Siméonis... le chasseur de lâches?...

— Juste!

— Oui, oui, je l'ai vu... je... — Ah! Vous connaissez Pascal Siméonis, madame?

— Je le connais d'hier, seulement!... Et je le connais pour le haïr, le misérable! Poursuivie par lui, par lui insultée, menacée, j'ai juré, je lui ai juré à lui-même, de le châtier cruellement, avant peu, de son insolence.

Firmin Lapradt poussa un cri de joie.

— Qu'avez vous? fit Tatiane.

— Ce que j'ai, madame! mais j'ai... que cet homme que vous haïssez, je le hais comme vous, mortellement.

« Car cet homme est celui qu'*elle* aime, entendez-vous ! »

Les traits de la Russe s'animèrent à leur tour. Elle s'écria :

— Et vous hésitez à faire cause commune avec moi, quand la perte de M. de Chalais vous garantit celle de votre ennemi!

— En effet... reprit Firmin Lapradt, je n'avais pas songé... Mais vous ne vous trompez pas : d'après ce que j'ai pu observer à Fleurines, Pascal Siméonis est l'âme damnée des Chalais. Il s'est entretenu longuement, en particulier, avec la comtesse...

— C'est bien cela. C'est elle qui lui a parlé de moi..

— Il vient évidemment, à Paris, pour servir le jeune comte..

— Pour le servir dans le complot ourdi contre Son Éminence!...

— Et en déjouant ce complot, je briserais du même coup mon rival!... Ah !... je n'hésite plus... je n'hésite plus, madame. Je vous appartiens!... Ordonnez, que dois-je faire?

— C'est ce que nous allons décider à l'instant même avec une personne avec qui je m'entretenais lorsque vous avez eu la bienheureuse idée d'accourir ici, monsieur Firmin Lapradt!

— Une personne... quelle personne?

— Oh! ne vous inquiétez pas! Une personne qui a plus d'intérêt encore que nous à ce qu'on ne renverse pas le premier ministre! Une personne qui exècre autant que nous le chasseur de lâches!...

« Venez! venez !... »

Tatiane avait passé son bras sous celui du jeune homme qu'elle entraînait...

Mais l'arrêtant :

— Pardon, madame, dit-il, je vous ai dit que je vous appartenais, et comme témoignage de la sincérité de ma parole, je suis prêt à tout entreprendre. Mais, tout en consentant pour vous servir.. et me servir moi-même... à me lancer tête baissée dans le chemin que vous me désignerez, je veux aussi conserver mon libre arbitre quant à certaine partie de ma vengeance...

« Le poison... vous ne m'avez pas donné le poison que je vous ai demandé, madame?

C'était vrai; toute à ses propres projets, machinalement, distraitement, Tatiane avait remis dans le coffret d'acier la boîte à la poudre violette.

— Vous avez raison, dit-elle.

Et, revenant sur ses pas, elle rouvrit le petit meuble et en tira la boîte qu'elle présenta au jeune homme.

— Et l'effet de cette poudre est certain? reprit-il.

— Certain.

Elle poursuivit :

— D'ailleurs, pourquoi *la* tueriez-vous, maintenant, puisque celui qu'elle préfère doit mourir avant peu!

— Mourir... qu'en savons-nous? Il est fort... il est adroit, il est brave, ce Pascal Siméonis, il peut nous échapper!

— Il ne nous échappera pas!

— Enfin... s'il nous échappait... si, par hasard, nous étions vaincus dans la bataille que nous allons lui livrer... à lui et à son maître... j'aurais du moins contre *elle* un moyen... un moyen sûr de...

« Vous m'affirmez que ce poison ne pardonne pas, madame?

— Vous en doutez? Attendez.

Tatiane, non sans un mouvement d'humeur, d'impatience, — il lui tardait de rejoindre Lafeymas; — Tatiane avait frappé, à trois reprises précipitées, sur un timbre.

Kotia parut.

— Dis à Kabyck d'amener Molodetz, ordonna la Russe.

Kabyck était un des nains que nous avons vus avec Tatiane au château de Fleurines; Molodetz, — en russe : *luron*, — était un chien.

Un vrai *luron*, il n'avait pas volé son nom. Un magnifique levrier d'Ecosse, aux formes sveltes, effilées, au museau allongé, au pelage soyeux.

Il entra, tenu en main par le nain, et, apercevant sa maîtresse, il s'élança vers elle en poussant un aboi joyeux.

— Tout beau! tout beau! Molodetz! dit la Moscovite.

Le chien se tint immobile, assis, ses grands yeux, doux et bons, attachés sur Tatiane.

Elle, cependant, ayant ouvert la boîte de cristal, y roula dans la poudre un morceau de sucre...

Puis se tournant vers le levrier :

— Attrape, Molodetz! fit-elle.

Le morceau de sucre décrivit un quart de cercle dans l'espace, et disparut dans la gueule du chien. Un bruit de corps broyé... — et ce bruit n'eut pas la durée d'une seconde!... et sans un cri, sans un gémissement, l'animal tomba roide, une masse de plomb, sur le parquet.

— Vous ai-je menti, monsieur? dit froidement Tatiane à min Lapradt.

Il s'inclina en silence, serra le poison, — de la puissance quel il ne doutait plus, — dans une poche de son pourpoint, suivit la Moscovite en passant devant Kabyck, demeuré si indifférent à la scène à laquelle il venait d'assister que n'eût pas eu lui-même plus d'âme que la bête qu'il venait voir mourir.

Mais Kotia, elle, quand sa maîtresse et l'étranger ne furent s là, laissa couler sur sa joue une grosse larme suspendue es cils, et regardant le cadavre que le nain chargeait sur épaule pour l'emporter :

— Pauvre Molodetz! murmura-t-elle! Il t'aimait bien, lui, urtant, Tatiane Mikaïlo!... Il ne t'avait jamais fait de mal, !... Pourquoi le tuer?

VII

Qui prouve, en partie double, qu'un homme de cœur et d'esprit fait souvent des bêtises.

Le fond du caractère d'Henri de Chalais était l'orgueil; un gueil immense. Joué par une femme, et cela de la manière plus audacieuse, on conçoit donc que le jeune comte n'eût s éprouvé le désir de raconter à qui que ce fût l'aventure nt il avait été le héros... passif, à l'hôtel de son ancienne îtresse, Tatiane la Moscovite...

En y réfléchissant d'ailleurs, un palliatif, fourni par son our-propre même, ne s'offrait-il pas au ressentiment d'Henri Chalais? On n'ose beaucoup, d'ordinaire, que poussé par un bile énergique. Si Tatiane avait joué d'audace avec lui, c'é- t donc qu'elle l'aimait toujours. Or, de quelque dédain qu'on ecte de la couvrir, jamais une passion violente ne sera une ense pour personne. Et loin de là! Le cœur le plus glacé se pelle, sans colère, des tentatives faites pour l'animer. nri de Chalais n'aimait plus Tatiane... et Tatiane continuait l'aimer; nonobstant sa défaite d'un instant, il gardait donc le s sur elle, et ce qu'il avait de mieux à faire pour conserver suprématie, était de ne paraître pas plus en vouloir à son cienne maîtresse de l'épisode de l'enlèvement que si cet isode eût appartenu à un rêve.

Restaient, il est vrai, certains détails de l'aventure qui sseut pu donner à songer à un homme prudent. Après voir supplié à genoux, Tatiane avait menacé, en face, son nant. Et qui menace en face ne menace pas en vain, d'ordi- ire. Mais, d'abord, Henri de Chalais était rien moins qu'un mme prudent; ensuite, — réellement, — il n'attachait pas moindre importance aux anathèmes de la Moscovite. Que uvait contre lui, l'un des premiers seigneurs de France, tte femme dont la fortune faisait toute la puissance? Le mte haussa les épaules au souvenir de ces paroles de Ta- ane : « Avant de donner à votre tête morte mon dernier iser de haine, il me plaît de donner à votre front vivant on dernier baiser d'amour. »

— Que, profitant de l'évanouissement dans lequel elle m'a- it traîtreusement plongé, elle m'ait embrassé tout à son s, pensa-t-il en souriant; soit! Et je ne lui envie pas le aisir qu'elle s'est procuré. — Si c'est un plaisir que de po- r ses lèvres sur les lèvres d'une statue! — Mais qu'elle me e un de ces jours pour imprimer *à ma tête morte son dernier iser de haine!* Je l'en défie! On ne tue pas si facilement un comte de Chalais, madame la Russienne, et les poignards que vous lancerez contre moi ne sont pas encore fourbis!

D'après ce qui précède, on ne s'étonnera point si, à trois jours de date de celui où nous l'avons vu tomber, furieux, livré à sa maîtresse par l'influence d'un parfum absorbant, nous voyons le comte de Chalais, qui vient de se lever, à onze heures du matin, s'occuper de sa toilette, — aidé dans ce soin par Marcel, son premier valet de chambre, — tout en souriant aux rayons du soleil qui lui promettent pour la journée de joyeuses chevauchées avec Monsieur, au bois de Vincennes, ou d'agréables promenades au Cours-la-Reine avec la belle madame de Chevreuse.

Mais un laquais souleva la portière du cabinet de toilette.

— Qu'est-ce? dit de Chalais.

— Robert d'Ambrun, premier écuyer de madame la comtesse de Chalais, demande à remettre à monseigneur un message de madame la comtesse.

— Un message de ma mère! Faites entrer, faites entrer tout de suite Robert d'Ambrun.

Une des qualités d'Henri : il chérissait sa mère.

Le messager parut. Un ancien homme d'armes de la maison de Chalais, élevé au grade d'écuyer pour ses bons et loyaux services.

— Bonjour, Robert, dit amicalement le comte. Rien de fâcheux là-bas, j'espère?

— Rien, monseigneur.

— Ma mère se porte bien?

— A merveille, monseigneur.

— Bon! Alors, Marcel peut donc achever de me coiffer... Mais dépêche, Marcel... j'ai hâte de savoir ce que me mande madame la comtesse.

Le valet de chambre obéit; en moins de cinq minutes il eut achevé une besogne qui en tout autre moment lui en eût demandé vingt, et se retira.

Henri prit des mains de l'écuyer la lettre maternelle, en brisa le cachet et lut ce qui suit :

« Mon cher et bien aimé fils,

« Il y a bien longtemps, ce me semble, que vous ne m'avez donné de vos nouvelles, mais je ne vous le reproche pas, parce que je suppose que si vous ne vous occupez point plus souvent de moi, ce n'est de votre part ni indifférence, ni oubli, mais nécessité. Vos moments sont comptés à la cour, mon fils, et il vous est difficile d'en détourner quelques-uns pour causer avec une absente. Cependant cette absente, elle, n'a d'autres devoirs, d'autres plaisirs que ceux de songer à vous, et c'est pourquoi elle saisit avec empressement toute occasion qui s'offre à elle de vous écrire. Un de mes petits-cousins par alliance, monsieur le baron des Ferriers, établi jusqu'ici à Beauvais où il jouissait d'une considération méritée et d'une honnête fortune, m'a rendu visite ces jours-ci à Fleurines, et m'a présenté sa femme et son neveu. Madame des Ferriers, — une demoiselle de Ribeaucourt que le baron a peut-être eu le tort, un peu vieux déjà, d'épouser un peu jeune; — madame des Ferriers m'a paru charmante; d'un naturel mélancolique, triste même; mais ce sont là appréciations superficielles, et malgré la différence d'âge existant entre les deux époux, j'estime qu'ils peuvent être heureux ensemble, et je le souhaite. — Quant à M. Firmin Lapradt, le neveu de M. des Ferriers, bien que ne l'ayant vu que peu de temps comme sa tante, je me permettrai, pour des raisons particulières, d'établir sur lui un jugement dont il me serait agréable que vous prissiez note. Un jugement qui n'a rien de définitif; on ne condamne pas sans appel sur de simples présomptions. Enfin ces présomptions existent en moi, et je vous le répète, en vous les livrant, je désire qu'elles soient pour vous sinon

une règle de conduite, au moins un point de repaire. Je m'explique : M. le baron des Ferriers m'a priée d'intercéder près de vous pour son neveu qui est avocat et très-intelligent, — m'a-t-il assuré, — et très-instruit ; bref, — c'est toujours le baron qui parle, — qui est pourvu de toutes les qualités de l'esprit et du cœur. Or, tandis que M. des Ferriers me vantait les mérites de son neveu, pourquoi, les yeux fixés sur ce jeune homme, demeurais-je froide, grave, presque hostile? L'instinct, qui démentait en moi ce dont une voix trop zélée voulait me persuader. L'instinct qui me disait : « On te trompe en se trompant; cet homme est méchant, traître et faux. Ne lui accorde pas ta confiance et empêche ton fils de lui accorder la sienne. Et que si ton fils ne peut refuser quelque appui à cet homme, que ce soit pour un sujet passager, sans importance. Quoi qu'on fasse pour un ingrat, on n'a que des regrets à récolter. »

« J'ai dit, mon fils ; je vous ai dit ce que je ne dirais pas à un autre ; car je me suis abusée peut-être sur le compte de M. Firmin Lapradt, le neveu du baron des Ferriers; peut-être mes pressentiments à son égard n'ont été que les résultats d'une fâcheuse disposition. Mais à son fils une mère est en droit de tout dire. Tu es le miroir dans lequel se reflète mon âme, mon Henri ; en faveur de la tendresse qui l'inspire pardonne à mon âme ses faiblesses. Cette lettre précédera de quelques jours, de quelques heures peut-être, la visite de M. Firmin Lapradt; tu es averti de ce que pense ta mère de M. Firmin Lapradt... comporte-toi donc en conséquence. Et que tu me prouves que je suis sage ou que je suis folle, en tout cas tu ne doutes pas du sentiment qui m'a guidée ? L'envie de sauvegarder ta considération, ta fortune, ton bonh

« Au revoir, Henri, mon Henri bien-aimé. Si tu sav C'est bien étrange, va! ce qui me rend si craintive... sans tifs, peut-être... à propos d'un homme, si au-dessous de qu'après l'avoir entrevu une minute tu ne te rappelleras p être plus ni son nom, ni son visage, c'est l'assurance, la titude que d'un autre côté...

« Mais non, je divague ; je perds tout à fait la tête, déc ment. C'est votre faute, monsieur. Vous êtes si loin de m Mais voilà le printemps qui arrive, et tu me l'as pro Henri : tu me consacreras quinze grands jours dès qu aura des feuilles aux arbres de notre vieille forêt... des fl dans ses gazons. A bientôt donc, mon ami ; à bientôt pauvre M. Firmin Lapradt... c'est mal peut-être à moi, a avoir promis à son oncle... — Enfin, tu es un homme e suis une femme. J'ai raisonné en femme... agis en hom A bientôt; je t'aime.

« Ta mère,

« Comtesse de CHALAIS. »

Henri avait achevé la lecture de cette lettre et, doucem pensif, il murmurait :

— Chère mère ! Toujours la même ! s'inquiétant de tou toujours sans sujet. Elle a des pressentiments! Son inst qui la conseille à propos d'un... M. Firmin Lapradt... Et...

Le comte acheva mentalement sa réflexion. — L'écuyer était toujours là.

« Et, lorsque pour obéir à une maîtresse, d'un mot, d'un seul mot, il y a trois jours, j'ai mis en jeu ma fortune... ma vie peut-être... cette pauvre mère ne devine... ne redoute rien !

« Ah ! les pressentiments, l'instinct !... Folies !... »

En cet instant le même valet qui avait annoncé Robert d'Ambrun reparut au seuil du cabinet de toilette.

— Qu'y a-t-il encore ? fit de Chalais.

— M. le marquis de Puylaurens...

— Puylaurens est là ?

— Oui, monseigneur, en compagnie d'une personne qu'il désire présenter à monseigneur.

— Eh ! a-t-il besoin de tant de cérémonies pour me présenter... qui il lui plaît, ce cher Puylaurens ! Qu'il entre... qu'il entre !

« Merci, Robert. Vous ne retournez pas immédiatement à Fleurines, n'est-ce pas ?

— Je suis aux ordres de monseigneur.

— Eh bien, mes ordres sont que vous vous reposiez une heure ou deux ; le temps de recevoir un de mes amis et de répondre à ma mère. Allez.

L'écuyer salua et, s'effaçant, à gauche de la portière en verdures de Flandre, il livra passage au marquis de Puylaurens escorté d'un jeune homme tout de noir habillé...

— Bonjour, marquis, bonjour, s'écria de Chalais en serrant la main de son ami, tout en répondant d'une inclination de tête au salut profond de l'inconnu. Quel bon vent vous amène si matin chez moi ?

— Le vent de la reconnaissance, cher comte !

— Bah ! vous aurais-je obligé, sans le savoir, Puylaurens ? Tant mieux, vertujeu ! Je ratifie à l'avance une noble action...

— Dont vous êtes très-capable... en le sachant, mon bon de Chalais. Mais ce n'est pas de vous qu'il est question, à cette heure, non ; c'est de monsieur que j'ai l'honneur de vous présenter... de monsieur à qui je dois de n'avoir pas été écorché vif, il y a deux mois, sur le Pont-Neuf, par une bande d'étudiants déchaînés...

« De monsieur pour qui, à mon tour, je serais très-heureux de faire quelque chose...

« Et en faveur de qui, par conséquent, je viens vous solliciter, bien que son nom seul, j'en suis convaincu, suffise à lui valoir vos sympathies.

« M. Firmin Lapradt, neveu de M. le baron des Ferriers.

— M. Firmin Lapradt !

De Chalais, — qui avait écouté, — en souriant d'un air affable, au présenté, le discours préparatoire du présentant, — De Chalais, à ce nom par lequel se terminait ce discours, à ce nom qu'il répéta malgré lui, ne put contenir un mouvement si vif de surprise, que présentant et présenté en restèrent tout interdits...

Et, de fait, lorsque sa pensée était encore toute chaude de la lecture de la lettre de sa mère, n'y avait-il pas sujet pour le comte de s'étonner de cet incident ?

La présence soudaine de Firmin Lapradt à la suite de ladite lecture ressemblait à une apparition.

Cependant de Puylaurens et Firmin Lapradt lui demandaient de l'œil le mot de sa surprise...

Et dans le rapide examen qu'il passa de la tournure et de la physionomie de l'avocat, attendant qu'on daignât lui expliquer pourquoi on bondissait au simple énoncé de son nom, — de cet homme qu'on lui avait dépeint comme une sorte de personnage fatal, — de Chalais ne vit rien qui concordât avec ledit portrait!... Au contraire! Firmin Lapradt n'était pas un joli garçon, mais il n'était pas laid non plus. Il avait l'œil vif et bien ouvert, et souriant; — on lui avait appris, en bon lieu, de quelle mine il fallait aborder le comte. — Il se tenait droit et ferme, sans affectation, mais aussi sans humilité ridicule...

Enfin... enfin, à ce moment, de Chalais était un peu dans la situation de ces enfants qui, amenés par le hasard ou par leur volonté en face d'un objet qu'une susceptibilité prudente avait, jusque-là, soigneusement dérobé à leur approche, trouvent cet objet d'autant plus à leur goût qu'on le leur avait d'autant plus représenté comme indigne de leurs regards.

— Monsieur Firmin Lapradt, dit-il en marchant à l'avocat, vous étiez il y a trois jours au château de Fleurines, avec monsieur votre oncle, n'est-il pas vrai?

— Oui, monsieur le comte, et j'ai eu l'honneur d'y être reçu par madame la comtesse...

— Qui, sur l'invitation de son petit-cousin, M. le baron des Ferriers, s'est engagée à m'écrire à votre sujet?

— En effet, monsieur le comte, madame de Chalais a eu la bonté...

— Eh bien, voici l'explication de mon étonnement, monsieur...

Du doigt, de Chalais montrait, posée sur un meuble, la lettre de la comtesse.

— Ma mère, ainsi qu'elle vous l'a promis, m'a écrit; j'ai reçu sa lettre ce matin même... il y a quelques minutes; et j'avais l'esprit tout rempli encore des... des éloges de votre talent, de votre caractère, que madame de Chalais s'est plu à me répéter sur la foi de monsieur votre oncle, quand notre commun ami, monsieur le marquis de Puylaurens, vous a présenté à moi.

L'explication, pour s'être quelque peu enchevêtrée, — Chalais mentait, on le sait, en cet instant, et quand on n'en a pas l'habitude on ne ment pas facilement, — l'explication était acceptable...

Et Firmin Lapradt l'accepta, sans conteste, sous toutes réserves, dans son for intérieur. Il était trop fin pour prendre argent comptant d'aimables paroles qu'il avait fallu chercher si longtemps pour les trouver.

On s'était assis.

— Au reste, poursuivit de Chalais s'adressant gaiement à l'avocat, puisque vous aviez le marquis de Puylaurens dans votre manche, cher monsieur, l'appui de madame ma mère, près de moi, vous était superflu...

Firmin Lapradt sourit.

— Un obscur avocat serait trop enchanté déjà d'être dans la manche d'un grand seigneur tel que M. de Puylaurens, dit-il, sans oser jamais prétendre à avoir ce grand seigneur dans la sienne.

Le comte sourit à son tour.

— Vous êtes modeste, monsieur Firmin Lapradt, reprit-il.

— Je suis modeste avec plus haut que moi, monseigneur. Très-fier avec mes inférieurs.

— Ah! Vous êtes franc, aussi?

— Ne doit-on pas la vérité à qui l'on demande aide et protection?

— C'est très-juste. Enfin, que désirez-vous, que souhaitez-vous? Une place au parlement? Vous êtes bien jeune encore...

— Et le parlement est bien vieux. Non, monseigneur, si vous le permettez, ce n'est pas là ce que je vous demanderai.

— Qu'est-ce donc?

— Mon Dieu! je suis bien ambitieux, peut-être, et vous ne me connaissez pas assez encore pour m'accorder ce que j'ai rêvé...

— Et qu'avez-vous rêvé, voyons? Parlez sans crainte.

— Oh! la crainte, si j'en avais pu éprouver, se serait effacée de mon esprit à votre seul aspect, monseigneur. Vous êtes de ceux qui inspirent tout de suite l'affection, le dévouement, et non la terreur.

De Chalais, que le compliment effleura, échangea avec de Puylaurens un regard qui signifiait: « Décidément, ce n'est pas un sot, ce garçon-là! »

— Ah! çà, d'abord, marquis, reprit-il, contez-moi donc comment vous avez fait la connaissance de M. Firmin Lapradt. Sur le Pont-Neuf, m'avez-vous dit... un soir que des étudiants ivres allaient vous jeter par-dessus le parapet?

— Ni plus ni moins, comte. Ces chenapans n'avaient plus le sou, sans doute, pour continuer leurs ripailles; les broderies de mon manteau les tentaient; pour avoir le manteau, ils voulaient en retirer l'homme.

— Oh! fit gravement Firmin Lapradt, un autre motif que le vol guidait vos assassins, monsieur le marquis. Il n'y avait pas que des étudiants ivres, parmi eux, il y avait des gens de M. de Lafeymas.

— Bah! s'exclamèrent de Chalais et de Puylaurens.

— Oui, poursuivit l'avocat, je l'appris le lendemain de la bouche d'un de ceux que j'avais combattus la veille... un de mes compagnons d'études; il était au cabaret avec quelques amis, lorsque trois ou quatre raffinés leur proposèrent d'assommer de concert un ennemi de l'État.

« Et par « ennemi de l'État » vous n'ignorez pas ce que ces messieurs entendent. Pour eux, un ennemi de l'État, c'est un ennemi du cardinal.

« Les étudiants ne virent qu'un jeu là où il y avait réellement meurtre; ils suivirent les raffinés...

— Mais, interrompit de Chalais, en vous opposant aux projets des gens de M. de Lafeymas, vous couriez grand risque, monsieur Firmin Lapradt! Si M. de Lafeymas était derrière eux... derrière M. de Lafeymas il y avait M. de Richelieu...

« Et M. de Richelieu ne pardonne pas à ceux qui se mettent entre lui et ceux qu'il a désignés à la mort. »

Firmin Lapradt haussa les épaules d'un air de suprême dédain.

— Je suis trop petit pour que M. de Richelieu daigne abaisser son regard sur moi, répliqua-t-il; mais j'eusse été un gentilhomme, et l'un des premiers de France, que je n'en eusse que plus volontiers croisé l'épée contre d'infâmes sicaires d'un tyran!...

Le comte regarda en face l'avocat.

— Ah! Vous n'aimez pas monsieur le cardinal? dit-il.

— Peut-on aimer l'homme qui asservit en même temps la France et la Majesté royale? L'homme qui fait du roi son esclave, et de la reine sa victime! L'homme qui, pour atteindre son but, ne craint pas de fouler sous ses pieds les plus illustres parmi la noblesse, et jusqu'à des princes du sang!...

Firmin Lapradt avait prononcé ces mots d'une voix âpre, fiévreuse, comme quelqu'un qu'entraîne un mouvement spontané de l'âme. Et frappé de la coïncidence qui existait entre les paroles de l'avocat, à propos du premier ministre, et celles qu'avait prononcées, trois jours auparavant, devant lui, la duchesse de Chevreuse, l'excitant à se ranger avec elle sous l'étendard de la révolte, Henri de Chalais demeurait muet, attentif...

Quant au marquis de Puylaurens qui, depuis l'instant où l'avocat avait commencé d'expliquer à sa manière les causes du fameux guet-apens du Pont-Neuf, avait écouté ce récit dans une sorte d'ébahissement qui n'eût pas échappé à un observateur plus sagace que de Chalais, il se tenait maintenant, comme de Chalais, en contemplation devant Firmin Lapradt...

Seulement il y avait une autre nuance dans sa contemplation que dans celle du comte. Il semblait que l'introducteur de Firmin Lapradt se dît, illuminé par une soudaine révélation: « Tiens! tiens!... Mais je ne le connaissais pas encore, ce monsieur... et je ne suis pas fâché de le connaître! Il a du bon. »

Mais, comme rappelé à lui par le silence qui s'était fait à ses côtés, Firmin Lapradt, promenant des regards confus de 'un à l'autre des deux gentilshommes, reprit d'une voix troublée :

— Pardon... pardon, messeigneurs, j'ai tort, sans doute, d'exprimer si librement devant vous mon opinion sur le compte de Son Éminence!

— Tort! Pourquoi? repartit de Chalais. Appréhendez-vous que nous reportions cette opinion à M. de Richelieu?

Firmin Lapradt secoua la tête.

— L'ombre seule d'une telle pensée ne saurait souiller mon esprit, repartit-il. Mais... j'ai offensé peut-être vos propres sentiments, messieurs, et s'il en est ainsi je vous prie de m'excuser. Nous autres robins, nous avons la langue un peu vive, souvent.

— La langue... et l'épée, paraît-il, monsieur Firmin Lapradt. Deux agréables défauts dont nous ne vous ferons pas un crime. N'est-il pas vrai, de Puylaurens?

— Je suis absolument de votre avis, mon cher de Chalais.

Le comte et le marquis s'étaient levés et, se retirant à l'écart, ils s'étaient pris à causer tout bas avec une certaine animation...

Pendant ce temps, feignant de considérer une estampe appendue à la muraille, tout près du meuble sur lequel reposait, ouverte, la lettre de la comtesse de Chalais, Firmin Lapradt lisait ce que la mère avait écrit à son fils...

Oh! il n'eut pas le loisir d'en lire beaucoup! Mais le peu qu'il lut suffit pour augmenter son désir de nuire à cette famille qui comptait Pascal Siméonis, — son rival, son ennemi, à lui, — parmi ses serviteurs, ses amis, à elle!

Voici les passages de la lettre que son regard furtif put saisir :

« Or, tandis que M. des Ferriers me vantait les mérites de son neveu, pourquoi, les yeux fixés sur ce jeune homme, demeurais-je froide, grave, presque hostile? L'instinct, qui démentait en moi ce dont une voix trop zélée voulait me persuader. L'instinct qui me disait : « On te trompe en se trompant; cet homme est méchant, traître et faux. Ne lui accorde pas ta confiance et empêche ton fils de lui accorder la sienne. »

— Eh! eh! pensa Firmin Lapradt, de solides et aimables recommandations que la chère dame adressait là, à mon-endroit, à son fils! Ah! j'ai eu... ou plutôt Tatiane Illitch a eu une excellente inspiration en ne s'en rapportant pas aux *bontés* seules de la comtesse pour m'introduire ici.

« Il n'y a que les femmes, décidément, à opposer aux femmes.

« Maintenant, voyons qui l'emportera du bon ou du mauvais ange! »

— Monsieur Firmin Lapradt.

— Monseigneur...

L'avocat se retourna vivement. De Chalais et de Puylaurens, ayant terminé leur conciliabule, s'avançaient vers lui.

— Monsieur Firmin Lapradt, dit le comte, si je ne me suis pas trompé... — et mon ami, le marquis de Puylaurens, m'assure en votre nom que je ne me suis pas trompé... — votre désir serait d'être attaché à ma personne?

Le visage de Firmin Lapradt se colora d'une vive rougeur. — Toutes les joies ont du vermillon à leur service.

— Oui, monseigneur, s'écria-t-il, je l'avoue, c'est là mon vœu le plus cher.

— Eh bien! monsieur, c'est chose faite. Vous êtes mon secrétaire. Dès demain vous entrez en fonctions...

« Vous n'aurez pas grande besogne, d'ailleurs, dans cet emploi, rassurez-vous! »

— Oh! monseigneur, mais je serais heureux, au contraire, de vous consacrer tous mes moments...

— C'est très-possible!... Mais je n'ai que vingt-six ans, et j'aime le plaisir... vous concevez donc que, moi, je ne consacre pas toute ma vie aux affaires!...

« Enfin... demain... à la même heure qu'aujourd'hui, je vous attends, mon cher monsieur Lapradt... demain nous commencerons à causer, en attendant que nous travaillions...

« Quant au chiffre de vos honoraires... »

— Nous les fixerons quand j'aurai commencé de les gagner s'il vous plaît, monseigneur.

De Chalais eut un geste de satisfaction.

— Brave, intelligent, pas intéressé, dit-il, — et il ajouta à demi-voix, en se tournant vers de Puylaurens, — et par-dessus tout cela ennemi du cardinal...

« Nous ferons quelque chose de vous, monsieur Lapradt, conclut le comte; nous ferons quelque chose de vous. Allez. A demain. »

— A demain, mon cher Firmin Lapradt, répéta gracieusement le marquis.

L'avocat salua et sortit.

VIII

Où il est prouvé que les coquins duperont toujours, par-dessous jambe, les gens de cœur.

Firmin Lapradt fut forcé de se baisser quand il se trouva dans la rue. — Il touchait le ciel du front!

Il avait accès dans la place! Il était le secrétaire du comte! D'un seul coup, en moins d'une heure, et cela en dépit de l'opposition formelle de la comtesse, — il en avait vu la preuve écrite, — il s'était glissé au cœur de l'ennemi.

« Ah! ah!... » — Il riait dans sa barbe, — qu'il ne portait pas, — ce digne Firmin Lapradt, en regagnant d'un pied léger l'hôtel des Ferriers. — « Ah! ah! les voilà donc ces grands seigneurs si fiers, si arrogants, si infatués de leur esprit! Un robin... un pauvre petit robin, en roue deux à la fois!... »

Et, au fait, tandis qu'il s'en va glorieux de sa double victoire, le lecteur, qui a vu de quelle façon le robin s'y est pris pour rouer le comte de Chalais, ne sera peut-être pas fâché d'apprendre comment ce pauvre petit a réussi, en se jouant de lui, à faire le marquis de Puylaurens le complice de son stratagème.

Voici. Une *inspiration* de Tatiane Illitch; Firmin Lapradt nous l'a révélé déjà plus haut.

Parmi les amis d'Henri de Chalais qu'elle avait connus, et reçus au temps où elle était la maîtresse de ce dernier, le seul qui lui eût inspiré quelque affection, et le seul aussi qu'elle eût continué de voir de temps à autre, après l'abandon du comte, était le marquis de Puylaurens.

Mauvaise tête, duelliste enragé, joueur forcené, esprit fou, — et fou quelquefois jusqu'à l'extravagance, — Gontran de Puylaurens avait une qualité qui rachetait, et amplement, ses défauts : il avait du cœur. Pour l'homme qu'il aimait il se serait fait hacher vif : pour éviter une larme à une femme dont il avait une fois serré, — ne fût-ce qu'amicalement, — la main, il eût versé son sang.

Or, lors de la rupture d'Henri de Chalais et de Tatiane, de Puylaurens, témoin du désespoir profond, réel, de la Moscovite, n'avait rien négligé pour l'apaiser...

Et nous comprenons, dans les tentatives du marquis à ce sujet, ses démarches nombreuses tendant à ramener l'infidèle à l'Ariane éplorée.

Mais de Chalais avait dit non. Son amour pour la belle Russe n'était qu'un caprice, qu'il s'était toujours reproché d'ailleurs comme un larcin fait à une liaison, — sérieuse celle-là; — sa liaison avec madame de Chevreuse. Donc, de Puylaurens en avait été pour ses supplications, ses remontrances même. Cependant, bien qu'il n'eût pas réussi à ébranler seulement ce roc d'ingratitude, Tatiane n'en avait pas moins su gré de ses efforts au marquis, et elle le lui avait prouvé maintes fois. Nous avons dit que le marquis était joueur; c'est dire qu'il n'y avait souvent que le vide dans sa bourse. Tatiane était immensément riche.

« Quand vous aurez besoin d'argent, mon ami, ne vous gênez pas! » avait-elle dit au marquis.

Et le marquis ne se gênait pas non plus. Dès qu'il avait besoin d'argent il accourait près de Tatiane. — Ne vous récriez pas! Cela se pratiquait ainsi jadis. Amant ou ami, le meilleur gentilhomme trouvait tout naturel de puiser, sans compter, à la caisse de telle ou telle dame. Semblable action, de nos jours, serait considérée comme la dernière des hontes... et nous n'allons pas non plus à l'encontre de cette nouvelle manière de voir. — Mais, vraiment, si nous ne regrettons pas qu'on ait aboli l'usage, assez *léger*, chez les hommes, d'emprunter pour jouer à leurs amies ou maîtresses, ou de s'équiper, — près de partir pour la guerre, — à leurs frais, nous souhaiterions bien aussi qu'on défendît aujourd'hui à certaines femmes de ruiner sans pitié de malheureux enfants tout frais émoulus du collége, de naïfs jeunes hommes à leurs premiers pas dans la vie... et le vice. Ce qui est ignoble de la part du sexe fort peut-il paraître excusable de la part du sexe faible? Nous ne le pensons pas. Et, en tous cas, quand on songe qu'en dépit de l'âpreté avec laquelle les femmes dont nous parlons ont dépouillé leurs victimes, la plupart d'entre elles n'en finissent pas moins à l'hôpital, nous ne voyons pas quel mal il y aurait à amoindrir, — s'il est impossible de l'annihiler complètement, — à rétrécir, légalement, l'exercice de leurs rapines.

Mais voilà une dissertation qui nous a écarté de notre sujet; nous nous empressons d'y rentrer.

Réunis, on se le rappelle, dans un même but, celui de causer la perte du comte de Chalais, — et, par contre, celle de Pascal Siméonis, — Tatiane Illitch, Lafeymas et Firmin Lapradt, avec la plus fraternelle entente, avaient aussitôt rêvé au moyen le plus prompt et le plus sûr d'en arriver à leurs fins.

Or, le meilleur moyen était certes celui qui s'était instantanément offert à l'esprit de la Moscovite lorsqu'on lui avait annoncé l'avocat. Sa qualité d'allié ouvrait toutes grandes à Firmin Lapradt les portes de l'hôtel de Chalais; la recommandation, — promise, — de la mère du comte lui facilitait encore cet accès. Il fallait donc que, sans plus tarder, dès le lendemain, Firmin Lapradt se présentât au comte et lui demandât d'entrer à son service.

Cependant, si madame de Chalais n'avait pas écrit à son fils ou si elle l'avait fait dans des termes peu empressés, touchant la protection sollicitée par l'avocat, — on doit tout prévoir, — la démarche de ce dernier pouvait échouer.

Ce fut alors que Tatiane eût son *inspiration*.

— Soyez demain matin ici à dix heures, dit-elle à Firmin Lapradt. J'ai votre introducteur près du comte, — et un introducteur solide. Un de ses amis intimes.

— Et celui-là se nomme? demanda Lafeymas.

— Le marquis de Puylaurens, répondit la Russe. Le marquis de Puylaurens m'est acquis; sous prétexte de placer près d'Henri quelqu'un qui me tienne au courant de ses faits et gestes... amoureux, je demanderai au marquis de s'intéresser à M. Firmin Lapradt...

« Et croyant ne servir que la maîtresse qui aime toujours, M. de Puylaurens servira la maîtresse qui hait.

— Parfaitement imaginé! s'écria Lafeymas. Et comme M. de Puylaurens, à titre d'ami du comte, doit être du complot qui s'ourdit à cette heure contre Son Eminence, sans s'en douter, en donnant à M. de Chalais des verges pour le fouetter, ce pauvre marquis s'en donnera à lui-même!... Eh! eh!...

Tatiane resta pensive; cette considération que la chute d'Henri de Chalais pouvait entraîner celle d'un homme qui ne lui avait jamais fait de mal fut sur le point d'entraver son projet.

Mais Firmin Lapradt répétait :

— Alors, demain matin ici, à dix heures, pour nous rendre ensemble chez M. de Puylaurens, madame?

— Oui; répliqua Tatiane avec un geste qui signifiait : « Eh! tant pis pour lui si le torrent l'entraîne! Pourquoi s'y est-il jeté? »

*
* *

On a vu que la Moscovite ne s'était pas abusée quant à la complaisance prévue de Puylaurens. Persuadé qu'il ne s'agissait que de galanteries, et, au fond, ravi de jouer ce qu'il croyait être un malin tour à Henri de Chalais, le marquis avait consenti, de grand cœur, à prendre Firmin Lapradt sous son égide...

L'histoire de la bataille sur le Pont-Neuf, bataille dans laquelle le gentilhomme avait dû la vie à l'intervention généreuse de l'étudiant, était tout simplement un conte inventé par ces messieurs, à cette fin de provoquer les sympathies immédiates du jeune de Chalais.

Seulement, en racontant cette histoire, Firmin Lapradt avait cru devoir l'enjoliver de détails qui, on l'a vu aussi, avaient quelque peu interloqué le marquis...

Il ne s'attendait pas à la couleur nouvelle, — et toute politique, — dont se parait son protégé.

Mais, somme toute, comme cette couleur n'avait rien qui ne concordât avec ses propres opinions et celle du comte, le marquis, si étonné d'abord, n'en avait pas ensuite été le moins du monde choqué. Et loin de là!...

Cela est si vrai que, dans son aparté avec Henri de Chalais, il n'avait pas ménagé son approbation au désir de celui-ci de s'attacher, à titre de secrétaire, cet avocat si brave, si intelligent...

Et si ennemi de M. le cardinal.

*
* *

Et ces explications, — nécessaires, — données, nous entrerons, avec Firmin Lapradt, glorieux de la réussite de sa démarche, à l'hôtel des Ferriers.

La première personne qu'il aperçut sous le vestibule, et dont la vue commença de refroidir sa joie, fut le cocher Lapierre.

Nous savons que l'avocat n'aimait pas ce brave serviteur, dont l'affection dévouée pour sa jeune maîtresse lui était suspecte, parce qu'il y sentait comme une menace sourde contre ses sentiments, à lui, à l'égard de la baronne.

En ce moment, surtout, Lapierre avait une mine rayonnante et quasi-goguenarde, qui déplut fort à Firmin Lapradt.

Il allait passer néanmoins sans daigner demander au cocher la cause de son apparente satisfaction; mais ce dernier, avec son franc parler de vieux serviteur, lui dit :

— Dépêchez-vous donc, monsieur Firmin, sinon vous allez manquer encore aujourd'hui une bonne occasion!...

— Quelle bonne occasion?

— Mais celle de serrer la main à ce brave M. Pascal Siméonis, qui est là-haut près de monsieur et madame la baronne, avec son ami M. Anténor de la Pivardière.

— Ah! M. Pascal Siméonis est ici! Tant mieux!... merci, Lapierre.

Et Firmin Lapradt s'éloigna, tandis que, clignant malicieusement de l'œil, le cocher murmurait entre ses dents :

— Oui, oui! « *Tant mieux!... Merci, Lapierre!* » Ce qui n'empêche pas que tu voudrais bien le voir au diable, M. Pascal Siméonis, mon gaillard!... Mais il n'ira pas! non!... Le diable n'est pas de force à l'emporter, celui-là... et... et, suffit!... à cette heure qu'il y a quelqu'un pour m'appuyer... on sait ce qu'on sait... veille à ta peau, monsieur : *je fais mes coups en dessous!...*

Firmin Lapradt avait monté l'escalier conduisant au salon où se trouvaient son oncle, sa tante et leurs hôtes...

Mais avant d'entrer dans ce salon, il poussa une petite porte à gauche du palier. Une femme était là, assise dans un cabinet dont la fenêtre donnait sur la cour; une vieille femme : Bertrande.

Elle se leva en apercevant l'avocat, et, à voix basse :

— *Il* est ici, dit-elle.

— Je le sais, répliqua-t-il du même ton. — Et il poursuivit :

— Et puis? rien de nouveau?

— Non!

— Le jeune homme qui est venu avant-hier chez *lui* n'est pas revenu?

— Non!

— Veillez! je vous ai avertie; il est indispensable que je sache le nom de ce jeune homme... comme de toutes les autres personnes qui se présenteront chez *lui?*

— On fera tout ce qu'il faudra pour vous contenter, monsieur.

— C'est bien.

Nous avons oublié de dire que, d'accord avec Lafeymas et Tatiane, Firmin Lapradt avait organisé une surveillance, de tous les instants, de toutes les actions de Pascal Siméonis au *Chariot d'Or*. Le jeune homme dont il était question en ce moment entre l'avocat et l'espionne, c'était Juan de Sagrera, que l'ignoble duègne, à qui rien n'échappait, avait aperçu le jour où il était venu déjeuner chez son ami...

Seulement, alors, n'étant point encore investie de ses secrètes fonctions, la drôlesse n'avait pas songé à s'enquérir de ce que pouvait être ce jeune et beau seigneur.

Il y avait un miroir à main dans la petite pièce où se tenait Bertrande; le colloque ci-dessus terminé, Firmin Lapradt consulta rapidement ce miroir. Il n'était pas trop pâle... — En causant avec Bertrande il avait eu le temps de se remettre de l'émotion à lui causée par l'annonce de la visite de son rival; — avec un peu d'efforts, il trouva même une manière de sourire à placer sur ses lèvres.

— Là! pensa-t-il, voyons comment il va m'accueillir, ce monsieur!

Ce monsieur, c'était Pascal Siméonis. Et *ce monsieur* accueillit l'avocat, sinon avec empressement, au moins avec politesse.

— Elle lui aura dit que depuis avant-hier je ne lui ai pas adressé une parole d'amour! pensa encore Firmin Lapradt. C'est bon! pour être plus tranquille encore, il s'agit de les affermir l'un et l'autre dans cette idée que j'ai des motifs pour renoncer à une passion... sans espérance.

Les premiers compliments avaient été échangés. Firmin Lapradt avait serré la main d'Anténor de la Pivardière...

Quant à Pascal Siméonis il avait dû se contenter d'un simple salut de sa part. Bien que, sur les instances récentes de la baronne, — fondées, Firmin Lapradt l'avait deviné, sur la cessation complète depuis deux jours des poursuites de son persécuteur, — bien que Pascal Siméonis se fût engagé à ne rien laisser voir à l'avocat de l'aversion qu'il lui inspirait, encore le chasseur de lâches ne se sentait-il pas capable de déguiser ses sentiments réels, à ce point de les parer des marques de l'estime.

— Et d'où viens-tu, comme cela? mon cher Firmin, s'écria le baron; quelques minutes de plus et tu n'avais pas le plaisir de voir ces messieurs... — qui parlent déjà de se retirer.

« Et tu en eusses été désolé, je gage! C'est la seconde fois que M. Pascal Siméonis prend la peine de nous rendre visite...

— Et ce ne sera pas la dernière, j'espère! dit Firmin Lapradt.

— Je l'espère aussi, répliqua Pascal. Nous sommes voisins, — un agrément auquel je ne m'attendais pas... — je me permettrai donc de temps en temps....

— En attendant vous refusez de dîner avec nous! interrompit le baron. Pourquoi refusez-vous, voyons? sans façons?

Le regard d'Anaïs interrogeait Pascal. Plutôt pour elle que pour son mari, il répondit :

— Puisque vous insistez, monsieur le baron, je vous dirai qu'aujourd'hui 17 février j'ai un pieux devoir à remplir.

« Celui d'aller prier sur la tombe de ma mère.

— Qui est morte à cette date? demanda Anaïs.

— Non pas morte, madame, née à cette date. Et pour moi l'anniversaire de la naissance, comme celui de la mort de celle que j'aimais par-dessus tout, m'impose un même devoir sacré : celui d'oublier une heure ou deux ce monde pour ne m'occuper que de l'autre.

Il y eut un silence. Ce fut Firmin Lapradt qui le rompit.

— Ainsi va la vie! dit-il d'un ton sentencieux. La tristesse s'y heurte contre la joie! Vous allez nous quitter, l'âme en deuil, pour accomplir une religieuse obligation, monsieur Siméonis, et j'arrive, moi, le cœur en fête, pour annoncer à mon oncle... à ma tante... un des événements les plus heureux de ma vie.

« Mais, au fait, monsieur, vous connaissez aussi M. le comte de Chalais, puisque c'est... à peu de chose près... chez madame sa mère, à Fleurines, que nous nous sommes rencontrés pour la première fois...

« La gracieuse décision, en ma faveur, d'une personne de vos amies ne saurait donc vous être indifférente. Or, telle est cette décision :

« Depuis une heure, j'ai l'honneur d'appartenir à monsieur le comte de Chalais, en qualité de secrétaire. »

Le baron avait bondi en entendant son neveu. Et Pascal Siméonis et la baronne elle-même, à cette nouvelle, ne purent retenir un mouvement d'étonnement.

Quant à la Pivardière il se contenta de s'incliner en disant :

— Peste! secrétaire d'un des premiers seigneurs de la cour! Vous allez bien, monsieur l'avocat, quand vous vous y mettez!

— Mais c'est une plaisanterie, s'écria M. des Ferriers, partagé entre le ravissement et la surprise. Comment, Firmin... tu es nommé secrétaire de M. de Chalais... comme cela... d'emblée?

« Et qui te l'a dit?

— Mais monsieur le comte lui-même, mon oncle.

— Lui-même!... Tu t'es donc présenté à son hôtel?

— J'en sors.

— Et tu t'es présenté... seul?

— Non pas! Et à ce propos, cher oncle, excusez-moi de ne vous avoir point consulté. Mais une rencontre fortuite...

— Une rencontre?

— Oui; celle d'un gentilhomme qui professe quelque amitié pour moi...

— Un gentilhomme? quel gentilhomme?

— Voici, mon oncle : Un soir d'hiver de l'année dernière, j'avais eu l'avantage de rendre un petit service à M. le marquis de Puylaurens, que des tire-laines se disposaient à dépouiller comme il se rendait imprudemment, sans suite, à pied, au Louvre. Et ce service, je l'avais oublié, moi... mais M. de Puylaurens en avait, paraît-il, daigné garder bon souvenir. Si bien que ce matin, comme je me promenais aux environs des Tuileries, ayant rencontré le marquis et lui ayant, sur son invitation, raconté mes projets d'avenir, cet aimable seigneur, après m'avoir doucement grondé de n'avoir pas plus tôt usé de son crédit, a tenu à m'en donner, sans tarder, des marques éclatantes. — « Je suis au mieux avec le comte de Chalais, m'a-t-il dit, il n'a rien à me refuser. Je vais déjeuner à son hôtel ce matin; accompagnez-moi, mon cher Lapradt, et j'y perdrai mon nom ou vous ne quitterez pas le comte sans avoir obtenu ce que vous souhaitez de lui! »

« Pouvais-je refuser une offre si gracieuse? Non, n'est-il pas vrai? Lorsque nous arrivâmes chez le comte, justement un écuyer de madame de Chalais venait de lui apporter une lettre tendant à me recommander chaudement. Présenté par un de ses plus chers amis, recommandé par sa mère, j'avais toutes chances d'être bien reçu...

« Et... vous savez le reste, — mon oncle. — Oh! je n'en considère pas moins le succès de cette affaire comme votre ouvrage! Aussi compté-je que vous irez avec moi, demain, remercier M. de Chalais de ce qu'il daigne faire pour votre reconnaissant neveu.

« Secrétaire du favori du roi... de Monsieur!... Ah! ce jour est le plus beau de ma vie!... — Excusez-moi, monsieur, si je n'ai pas la force de dissimuler, devant vous, mes impressions. Mais je suis ambitieux, je l'avoue : grâce à cette élévation de fortune, plus brillante que je n'eusse jamais osé l'espérer, je vous tous les chemins ouverts sous mes pas.. et, je l'avoue encore, au risque de provoquer vos railleries, j'en perds la tête... j'en suis fou d'orgueil et de joie. »

C'était à Pascal Siméonis que Firmin Lapradt adressait ces dernières paroles, en serrant dans ses bras son oncle ivre lui-même, — et plus réellement, à coup sûr, lui, — d'orgueil; et trompé par l'accent enthousiaste de l'avocat, Pascal Siméonis répliqua d'une voix grave :

— Mais je n'ai point à vous railler, monsieur. Vous êtes fier d'appartenir à un maître puissant et bon. Rien de plus naturel que cette fierté... rien de plus louable!

***

Mais l'horloge sonnait deux heures. Le chasseur de lâches se leva, ainsi que la Pivardière, pour prendre congé.

— Alors, décidément, cher monsieur Siméonis, vous ne nous restez pas? s'écria le baron. Bah! vous irez un peu plus tard à la tombe de madame votre mère... et du moins nous boirons ensemble à la récente prospérité de mon cher Firmin!

Pascal Siméonis secoua la tête.

— Les prières à une mère ne se remettent pas, monsieur, répondit-il. Nous dînerons ensemble un autre jour. — Au revoir, messieurs, au revoir, madame.

Anaïs tendait la main à son ami; il s'inclina et, profitant d'un moment où il ne se croyait pas observé, il murmura, en portant cette main chérie à ses lèvres :

— Est-il sincère? L'ambition a-t-elle étouffé l'amour en lui?

— Dieu le veuille! repartit en soupirant la jeune femme.

Cependant ce jeu de scène, tout rapide qu'il eût été, n'avait pas échappé à Firmin Lapradt, et, de son côté, comme s'il eût entendu les réflexions échangées par sa tante et l'aventurier, il se disait, tout en paraissant prêter l'attention la plus profonde à un dernier entretien entamé, sur nous ne savons quel sujet, entre son oncle et la Pivardière :

— Oui, oui, félicitez-vous, mes beaux amoureux! Vous vous croyez le champ libre, maintenant! Eh! eh! Erreur, erreur grossière! L'amour, chez un homme comme moi, ne meurt pas! On ne le tue point! C'est lui qui tue!...

IX

Comment Pascal Siméonis n'oubliait pas les morts pour les vivants. — Qui prouve que c'est bien assez d'une femme pour un homme quand ce n'est pas trop.

Le plus sage se plaît toujours à croire à ce qui le flatte. Voilà pourquoi, tout en doutant, au fond, de la transformation soudaine, inattendue, de Firmin Lapradt, Pascal Siméonis sortait de l'hôtel des Ferriers, sinon complètement rassuré, au moins déjà plus tranquille sur le sort de la baronne.

Ce qui le séduisait surtout dans la nouvelle qu'il venait d'apprendre, c'était la certitude qu'il pourrait désormais rendre visite à madame des Ferriers sans craindre de rencontrer son rival.

Restait bien le mari qui n'avait pas de place, lui, qui le retint une partie de la journée hors du logis! Mais pour un amoureux, qu'est-ce qu'un mari... vieux, laid... et qui fait tout ce qu'il faut pour n'être pas aimé!

D'ailleurs, l'amour que ressentait Pascal Siméonis pour la baronne était, en soi-même, trop dégagé d'aspirations vulgaires pour se préoccuper seulement de ce qui en eût inquiété d'autres à sa place. Il voulait celle qu'il aimait heureuse et calme. Et ce premier résultat obtenu peut-être devait-il vouloir davantage. Mais il n'en était pas là encore; et en attendant, nous le répétons, il se félicitait sincèrement de savoir la jeune femme délivrée par l'ambition des obsessions d'un criminel amour.

Quant à suspecter en quoi que ce fût les motifs de la conduite de Firmin Lapradt entrant au service, et par conséquent dans l'intimité du comte de Chalais, le chasseur de lâches n'y songea même point. Le plus sage non plus ne s'avise jamais de tout. Et d'ailleurs comment Pascal se fût-il étonné d'une chose à laquelle il était préparé dès longtemps? Firmin Lapradt avait, d'une part, rencontré un protecteur; de l'autre, la comtesse de Chalais avait écrit à son intention au jeune comte, et celui-ci avait fait droit aux doubles instances de son ami et de sa mère... Quoi de plus simple!... Quoi de moins alarmant?

***

Jean Fichet était dans la boutique de dame Latapie, s'amusant pour tuer le temps, — et faire plaisir à la maîtresse du *Chariot-d'Or*, — à ranger des ballots de marchandises...

Pascal fit signe à son valet de le suivre.

— Vous accompagné-je, cher ami? demanda la Pivardière à l'aventurier.

— Quelques pas, s'il vous plaît, répondit celui-ci; jusqu'aux quais. Là où je vais, Jean Fichet seul et moi pouvons aller.

— Jusqu'aux quais, donc, soit! dit la Pivardière.

Les trois hommes remontèrent la rue Saint-Denis; les maîtres devant, bras dessus, bras dessous, le valet derrière.

— Et ne m'en veuillez point, mon ami, reprit Pascal, d'une réserve que m'impose un excès peut-être de respect pour le dernier asile de ma mère... Mais, par permission spéciale de l'église, ce dernier asile n'est point où se trouvent d'ordinaire les tombes... et...

— Bon! bon! interrompit la Pivardière, je ne vous en demande pas tant, cher monsieur Siméonis. Je m'ennuie fort à la maison... près de mon aimable épouse... — à laquelle, par parenthèse, je compte prochainement dire adieu...

— Ah! vous allez partir bientôt?

— Il le faut! Vous concevez, quand on n'a pas l'habitude de rester, du matin au soir, les jambes croisées... Les voyages sont ma vie, à moi! Voilà aujourd'hui quatre jours que je suis à Paris; vers le milieu de la semaine prochaine, donc, sauf empêchement imprévu...

« Je le regretterai à cause de vous... oh! à cause de vous, surtout, pour qui je ressens un sincère attachement...

— Trop aimable, la Pivardière. Eh bien, moi aussi, j'ai de l'affection pour vous. Et puisque vous devez me quitter avant peu, je vous donnerai, si vous le permettez, aujourd'hui même, un témoignage de cette affection?

—Comment, si je le permets!... Mais avec reconnaissance!... Et parions que j'ai deviné de quoi il va être question? Vous allez, — suivant nos petits arrangements, — me remettre la moitié du premier trimestre, convenu par vous, pour votre installation au *Chariot d'Or*. C'est cela, hein?

Pascal sourit.

— *Ce sera* cela, si vous le désirez, dit-il. Mais pour l'instant, *ce n'est* pas cela.

La Pivardière, un peu confus, serra le bras de son compagnon.

— Pardon, alors, reprit-il, pardon, cher ami! Je ne vous ai pas blessé, au moins? Mais, je vous l'ai dit déjà, je crois, on a toujours tant besoin d'argent en voyage!...

— Et vous aurez votre argent ce soir même, la Pivardière. Vous aurez votre trimestre. Chose promise, chose due.

— Merci d'avance. Avec ce que dame Latapie m'offrira... Hum!... Et elle ne m'offrira pas gros cette fois, j'en ai peur! Elle devient de plus en plus dure à la détente à mon endroit, cette chère belle! Je crois que je serai contraint pour l'attendrir de brûler encore un de ces soirs quelques aunes de dentelles!

— La Pivardière?

— Plaît-il, cher ami?

— Voici les quais...

— Oui, voici les... — C'est juste! Nous allons nous séparer... et avec mon caquetage je vous empêche de vous expliquer relativement à la preuve d'intérêt... *l'autre* preuve... que vous désirez me donner...

« Je suis muet comme un poisson, mon ami. Parlez. Il s'agit?

— Il s'agit d'un conseil, la Pivardière. D'un conseil qui vaut au moins les quatre cent cinquante livres que je vous dois.

Anténor, ébahi, considéra Pascal.

— Si cher que cela, un conseil!... s'écria-t-il. Pas possible!

— Si possible que lorsque vous l'aurez reçu, vous serez le premier, j'en ai la conviction, à en reconnaître le prix sans pareil.

— Ah! Vraiment!... Eh bien, vous me conseillez...

— Je vous conseille de ne jamais vous enivrer... parce que lorsque vous êtes ivre vous bavardez à tort et à travers...

Et qu'en bavardant à tort et à travers vous courez risque d'attirer sur vous de terribles désagréments.

« A propos de désagréments, la Pivardière, vous ne lisez peut-être pas la *Gazette de France*, — un journal; un écrit périodique; une invention toute nouvelle et très-ingénieuse, d'un nommé Théophraste Renaudot? — Tenez, tout en marchant, écoutez donc une histoire qui y est rapportée dans le numéro d'hier... l'histoire d'un baron de Saint-Angel que le parlement vient de condamner à la potence. Mon Dieu, oui! Et pourquoi cette condamnation? Parce que, paraîtrait-il, le baron avait deux femmes. Deux femmes vivantes, vous comprenez? C'est à dire qu'il ne s'était pas plus soucié que si celle n'eût pas existé de celle-ci pour épouser celle-là. C'est-à-dire enfin qu'il avait commis le crime de bigamie.

« Saviez-vous qu'on pend les bigames, la Pivardière? qu'on les pend sans rémission, après les avoir exposés au carcan ou au pilori avec autant de quenouilles qu'ils ont eu de femmes?

« Vous ne le saviez pas, non; je vois cela à l'émotion que vous cause le récit de la fin cruelle de ce pauvre baron de Saint-Angel.

— Eh bien, vous le savez, à cette heure, mon ami. Un conseil touchant les dangers de l'intempérance, et un avertissement... — que vous utiliserez si, par hasard, vous possédiez des amis qui fussent dans le cas du baron de Saint-Angel, — à savoir que ce qu'un bigame a de mieux à faire pour éviter le châtiment qu'il a mérité c'est de se blottir, le plus petit possible, sous les jupons d'une de ses femmes en abandonnant l'autre à jamais...

« Voilà ce que j'avais à vous donner... de pure amitié.

« Et sur ce, à tantôt. »

Terminant ainsi, d'un ton moitié sérieux moitié plaisant, Pascal avait dégagé son bras de celui de son compagnon. Mais en opérant ce mouvement il n'avait pas compté sur les conséquences naturelles de l'émotion remarquée par lui dans la personne de la Pivardière. Une émotion telle, que, privé de son point d'appui, le malheureux faillit tomber à la renverse...

— Allons! reprit, — tout à fait sérieux, cette fois, — Pascal, en soutenant du geste et du regard l'époux de dame Latapie, allons! remettez-vous, mon cher! Voulez-vous donc que les passants s'attroupent autour de nous en se demandant ce qu'a cet homme près de se trouver mal comme une femme?

— Non!... Non!... Vous avez raison, mon bon monsieur Siméonis! bégaya la Pivardière, vous avez raison... n'appelons pas l'attention... n'appelons pas l'attention!...

Et tout bas, d'une voix tremblante:

— Alors, poursuivit-il, j'ai... j'ai... dit des bêtises... avant-hier, au souper du *Cœur volant*?

Pascal inclina affirmativement la tête.

— Des... des bêtises qui vous ont éclairé?...

— Et qui auraient pu en éclairer d'autres.

— Miséricorde! Misérable fou que je suis!... Et pourtant, vous, mon bon monsieur Siméonis... vous... au lieu de me perdre... de me blâmer, au moins... de me blâmer sévèrement... vous daignez... comme cela... tout doucement.. tout paternellement...

— Je daigne, — parce que ma main a touché la vôtre, monsieur de la Pivardière, et parce que nous avons combattu côte à côte pour une femme que j'estime, — je daigne oublier tout ce que j'ai entendu... tout ce que j'avais deviné dès longtemps déjà... pour ne plus me souvenir que d'une chose: que vous avez besoin d'argent pour partir... ce soir même.

« Et pour aller vous chercher cet argent.

« Au revoir. »

Pascal Siméonis et Jean Fichet s'étaient éloignés de la Pivardière, encore un peu chancelant, un peu pâle, mais très-capable pourtant, à présent, de regagner, sans encombre, seul, le logis conjugal. — Ou plutôt *un de ses logis conjugaux!*

Ah! Si le malheureux eût pu prévoir en rentrant au *Chariot-d'Or* quelle péripétie funeste lui y était réservée par le destin!...

Mais nous retournerons nous-même bientôt, avec le lecteur, chez dame Latapie, et nous apprendrons ainsi *de visu* et *de auditu* comme quoi celui qui a dit: « C'est bien assez d'une femme pour un homme, quand ce n'est pas trop! » a prouvé qu'il manquait de galanterie, peut-être, mais qu'il ne manquait assurément pas de sens.

Maintenant suivons le chasseur de lâches et son valet.

Le temps, très-beau toute la matinée, s'était couvert tout d'un coup; la neige commençait à tomber lorsque Pascal Siméonis et Jean Fichet, ayant longé quelque temps les quais en tournant à droite au sortir de la rue Saint-Denis, traversèrent le Pont-Neuf en se dirigeant vers la rue Dauphine.

Les deux hommes marchaient d'un pas rapide à côté l'un de l'autre, silencieux tous deux; d'un silence recueilli.

Cependant, comme ils approchaient d'une maisonnette adossée à la muraille de la ville, — à laquelle muraille aboutissait alors la rue Dauphine, — Pascal, touchant le bras de Jean Fichet, lui dit:

— Si tu ne veux pas entrer, Jean, tu sais... libre à toi.

Le valet resta une seconde comme interdit.

— Et pourquoi n'entrerais-je donc pas, monsieur? répliqua-t-il enfin. Vous craignez que je ne vous gêne?

— Me gêner... non... tu ne saurais me gêner, mon bon Jean. Mais... tu ne connaissais pas ma mère... par conséquent...

Une expression que Pascal ne lui connaissait pas anima les traits du gros valet. C'était comme de la douleur, mais comme de la colère aussi.

— Par les cornes à papa, s'écria-t-il, sauf le respect que je vous dois, maître, vous venez de prononcer là une ridicule parole, tant pis!... De son vivant, il est vrai, je n'ai jamais eu l'honneur de parler à votre chère mère... Mais rappelez-vous donc, voyons! N'étais-je pas dans cette maison, avec vous, quand vous y avez trouvé la pauvre femme... morte... assassinée par ce brigand de Landry? — dont Satan garde l'âme à perpétuité! — N'est-ce pas moi que vous avez chargé de veiller sur le corps de la défunte tandis que vous étiez appelé au dehors? Enfin, n'est-ce pas moi qui vous ai aidé aussi à creuser une tombe... deux tombes, — car la bonne dame n'était pas partie seule... sa vieille servante l'avait suivie, — dans le jardin de cette maison?...

« Et si la besogne n'était pas gaie, Dieu sait si je ne m'y suis pas mis pourtant de tout cœur! Dame, la volonté ne vous manquait pas non plus, à vous; mais c'était la force! On a beau avoir le poignet solide... quand il s'agit de faire soi-même un trou en terre pour y coucher sa mère... berni-

quel... La bêche et la pioche ne vous tiennent plus aux mains!...

« Et c'est après tout ça que vous osez me dire aujourd'hui...

— J'ai eu tort; excuse-moi, Jean.

La voix de Pascal était si émue, si réellement repentante, que l'irritation de Jean Fichet n'y résista point.

— A la bonne heure, fit-il naïvement. Vous avez parlé sans réflexion... ça arrive aux plus malins, ça. Je vous excuse, monsieur. Vous êtes excusé; n'en parlons plus.

***

Disons, à ceux qui n'ont pas lu l'ouvrage qui précède celui-ci, — les *Trois Luronnes*, — que, par suite d'évènements qu'il serait trop long de raconter et qui d'ailleurs n'ont que des rapports indirects avec la présente histoire, cinq ans auparavant, une nuit, la mère de Pascal Siméonis, — sa mère pour laquelle il professait un amour fervent, — avait été assassinée, avec sa servante, par un bandit qui, en commettant une aussi lâche et exécrable action, n'avait songé qu'à tirer vengeance d'un homme qui lui avait vingt fois barré le passage de la route du crime...

Et qui, à un moment donné, devait l'y renverser écrasé.

Et maintenant, pénétrons avec le chasseur de lâches et son valet dans la maison mortuaire; la maison mortuaire, littéralement parlant, puisqu'à quelques pas même de l'endroit où elle était tombée sous le fer d'un meurtrier, Angélique Caillat, la mère de Pascal Siméonis, — on sait que ce nom de Pascal Siméonis n'était qu'un nom d'emprunt, — reposait, à côté de sa fidèle servante, égorgée en même temps qu'elle.

L'aventurier s'est chargé de nous apprendre un peu plus haut que c'était par faveur spéciale de l'église qu'il avait obtenu d'inhumer des restes bien-aimés dans un autre terrain que le cimetière public.

Cette maison qu'avait habitée sa mère, où il l'avait vue lui sourire, Pascal, pour tous les millions de la terre, ne s'en fût point défait, ne l'eût pas vendue...

Or, ne pouvant non plus y résider, — puisque peu de jours après l'assassinat il était entré au couvent, — il avait résolu de la laisser tout entière et à jamais à la morte.

Rien, à l'intérieur, n'y était changé. Tout y était à la même place qu'autrefois. A chacune de ses visites, — et il ne les avait pas épargnées depuis cinq ans, — Pascal, avec un soin d'avare, jaloux de son trésor, chassait la poussière, ce linceul du temps, qui s'était abattue sur les meubles et sur les tentures...

Dans le jardin, abritées par un bouquet de tilleuls séculaires, deux tombes : deux tombes d'égales proportions, d'égale structure. — N'est-ce pas surtout dans la mort qu'existe l'égalité ? — L'une portant ces deux mots :

MA MÈRE.

Et, plus bas, ces initiales :

A. C.

L'autre, ce nom :

GERTRUDE.

Mais la neige tombait, tombait toujours, et, de leurs bras dénudés, les tilleuls ne pouvaient en garantir les monuments funéraires.

— Chère mère! murmura Pascal, debout, le front découvert devant la tombe maternelle, *elle doit avoir froid là dedans.*

Jean Fichet, du coin de son feutre, poussa la neige qui s'amoncelait sur la pierre.

— Merci, Jean, dit simplement Pascal.

Ils s'agenouillèrent et prièrent; ils prièrent longtemps. Comme ils se relevaient ensuite, deux roitelets, sautillant dans les branches des tilleuls, firent entendre leur chant... — Un chant qui ressemble à une plainte.

— Pauvres petits! dit Pascal en regardant les mignons passereaux, eux aussi ils ont froid, sans doute.

— Oh! repartit Jean Fichet, quant à eux, ça, c'est leur état!

Pascal sourit mélancoliquement.

— Tu crois donc que c'est le lot de certaines créatures de souffrir, Jean?

— Non, monsieur; puisque le bon Dieu est... le bon Dieu, je ne crois pas qu'il ait mis au monde exprès des bêtes, non plus que des personnes, pour y être malheureuses. Mais puisque c'est surtout en hiver que ces *moigniaux*-là se promènent... c'est qu'ils aiment l'hiver, voilà mon idée!

— Cependant, durant ton séjour à la campagne, tu as dû remarquer que les oiseaux de cette espèce, lorsque le froid est trop vif, se rapprochent des habitations... et souvent même y cherchent un asile...

— Qu'on ne leur refuse jamais, c'est encore vrai. Eh bien, monsieur, puisque lorsqu'ils ont trop froid ces *moigniaux* ont le droit d'entrer se chauffer gratis chez les paysans, c'est donc une preuve de ce que je vous disais, que le bon Dieu ne leur en veut pas plus qu'à d'autres. Sinon, il les aurait bâtis gros comme des canards... au lieu de les faire petits comme des mouches... et au lieu de leur donner une place à son foyer, le paysan leur en donnerait une à sa table... — sur un plat, avec des navets et des pommes de terre tout autour.

***

Pascal était monté au premier étage de la maisonnette, à la chambre qui avait été, jadis, la sienne. Là, dans un coffre de fer scellé à la muraille, il prit de l'or...

Puis il rejoignit son valet, avec lequel, toutes portes et fenêtres closes de *la maison de la morte*, il reprit le chemin du *Chariot d'Or*.

Où nous le précéderons, de deux heures, soit en remontant au moment où ce cher la Pivardière y faisait lui-même sa rentrée.

Il était tout défait, tout troublé, — et nous savons pourquoi, — ce cher la Pivardière, en rentrant au *Chariot-d'Or*, et Gillette, qui l'aimait beaucoup, s'étant aperçue tout de suite de son état anormal, s'écria en s'empressant de lui offrir une chaise.

— Qu'avez-vous donc, mon oncle!.. Comme vous voilà pâle!

— Hein! répliqua vivement Anténor. Je suis pâle... tu en es sûre?

— Très-sûre. Le froid qui vous aura saisi, sans doute.

— Oui... j'ai eu froid... brrr!... il fait très-froid aujourd'hui!...

— Il y a le pot-au-feu... voulez-vous que j'aille vous quérir un bouillon .. pour vous réchauffer?

— Ma foi, je ne dis pas non, Gillette. Un bouillon ne me sera pas désagréable! Va me chercher un bouillon, petite.

Gillette disparut par le fond de la boutique. En cet instant un grognement jaillit du comptoir faisant face à celui que la jeune fille venait de quitter.

C'était dame Monique Latapie qui manifestait sa désapprobation des soins par trop filiaux dont la nièce se plaisait à accabler son oncle.

La Pivardière se tourna vers son épouse. Il avait oublié qu'elle était là. Oubli d'autant plus excusable, que comme le jour était très-bas et la bossue très-enfoncée dans son fauteuil, derrière le rempart de bois, il fallait vraiment y mettre de la complaisance pour la distinguer.

— Ah! ah! dit la Pivardière, tu es là, chère belle!

— Et où voulez-vous que je sois! répliqua aigrement « chère belle. » Je ne me promène pas toute la journée, je n'ai pas le temps de me promener toute la journée, moi... comme certaines gens!...

— Si c'est à mon intention que tu dis cela, bonne amie, tu t'abuses; je ne me suis pas promené pour mon plaisir, aujourd'hui; la preuve, c'est que je me sens tout mal à l'aise!

— Oui!... oui!.. et il vous faut des bouillons... la crême du pot pour vous remettre!... Peuh!... Je vous en flanquerais, moi, des bouillons!...

— Là, là... ne t'exaspère pas, ma chérie!... Mon Dieu, va, Gillette n'en a plus pour longtemps à me mijoter!

Dame Monique releva la tête.

— Quoi! Vous partez bientôt? dit-elle, ses petits yeux vairons fixés sur son mari.

— Je partirai demain... ce soir, peut-être.

— Ah!

— Et à ce propos, même, tandis que nous sommes seuls, je ne serais pas fâché d'avoir avec toi un bout d'entretien... concernant...

— Concernant l'argent que vous voulez encore m'extorquer, me filouter, me voler pour vous en aller, suivant votre louable habitude, vous gaudir je ne sais où avec des drôlesses... des louvètes (1)! Eh bien! mon cher, j'en suis désolée... pour vous, mais j'en ai assez... j'en ai trop de vous servir de vache à lait! Je suis lasse de m'exténuer pour entretenir vos débauches! Ma caisse est fermée... Je ne vous donnerai pas une pistole, pas un écu, pas un denier! Ah! un bout d'entretien!... Oui, oui.. je le connais, cet entretien-là!... « Chère belle, donne-moi quelques centaines de livres, et je te débarrasse pour un an... pour deux ans de ma personne... et je m'en vais tenter la fortune au-delà des mers... dans les Amériques!. . » Fourbe! Vous avez bien trop peu de courage pour risquer votre peau en traversant les mers!... Mon argent dans votre escarcelle, vous allez .. Dieu sait où... faire Dieu sait quoi! Puis, quand vous avez tout mangé, tout bu, vous revenez!... Et c'est à recommencer... à recommencer toujours!... Je me saigne... je me saigne à blanc pour vous! Mais non! non! mille fois non; cette fois, c'est fini. Mettez le feu à la maison si cela vous amuse; et brûlez-moi avec... tuez-moi... assassinez-moi, monstre, brigand... coupez-moi en morceaux, ruffien patibulaire... pas un denier, j'ai dit : vous n'aurez pas un denier... non, vous n'en aurez pas un!... pas un!...

En proférant ces imprécations, — qui n'ont, on en conviendra, rien de commun avec celles de Camille, — dame Latapie, le visage écarlate, les poings serrés, s'était dressée derrière son comptoir, par-dessus lequel elle avait l'air d'être prête à sauter à la gorge de son époux...

(1) *Louvète*, femme de mauvaise vie.

Lui, cependant, avait supporté, humble, ce flux d'aménités. C'est que, sous l'impression encore du conseil, de l'avertissement à lui donnés par Pascal Siméonis, il se disait que les reproches de sa femme étaient justes, et qu'étant coupable, en effet, plus coupable même que dame Monique ne pouvait se l'imaginer, il ne lui était pas permis de s'irriter de ces reproches.

Mais Gillette revenait, portant un grand bol de bouillon fumant...

L'exaltation de la bossue s'accrut à cet aspect. Comme tous les gens habituellement faibles, dame Monique, une fois lancée, ne s'arrêtait plus.

— Remporte ce bouillon, Gillette! glapit-elle, je te l'ordonne.

La blondinette s'arrêta immobile, son bol à la main.

— Ne m'as-tu pas entendue? reprit la mercière. Je ne veux pas qu'on donne *mon* bouillon à monsieur... Je ne le veux pas!

— Mais, ma tante...

— Ta tante est folle, mon enfant; la colère qui lui monte à la tête... une colère sans motif... — Merci, petite... merci... pour une dernière fois que tu sers ton pauvre oncle il ne te fera pas l'injure de te refuser...

« Maintenant, laisse-nous, Gillette; j'ai à causer... en particulier avec ma chère femme. »

En prononçant ces mots du ton le plus calme, la Pivardière, ayant déposé la tasse sur le comptoir, s'était assis, à l'intérieur dudit, et se mettait en devoir de déguster le liquide réconfortant...

— Ah! c'est trop fort! hurla dame Latapie.

Elle s'était élancée pour saisir l'objet de la contestation.

Mais arrêtant, d'une main, contenant les deux mains grêles de son irascible moitié;

— Chère amie, dit Anténor toujours impassible, vous n'avez pas compris, paraît-il, ce que je viens de dire à notre nièce? Si c'est la dernière fois qu'elle me sert.., c'est donc qu'elle ne doit plus me revoir...

« Or si, comme elle, vous ne me revoyez jamais; si cette visite au *Chariot-d'Or*... à vos attraits... est la dernière, — la dernière, vous entendez? — de ma vie... franchement, une goutte de bouillon de plus ou de moins dans votre pot mérite-t-elle la peine que vous vous enleviez comme une soupe au lait?

« Allons, réinstallez-vous à votre place. — D'abord, si des pratiques se présentaient, que penseraient-elles en voyant deux époux se disputer comme de la valetaille pour une écuellée d'eau chaude! — Et puis, écoutez-moi... écoutez-moi tranquillement...

« Va, Gillette, va, mon enfant. — Oh! je ne partirai point sans t'embrasser, n'aie pas peur! »

La fillette s'était retirée de nouveau, — les larmes aux yeux, cette fois. — Et dominée par l'accent sérieux d'Anténor, dame Monique, rengainant sa rage, avait rejoint son fauteuil.

Quelques minutes s'écoulèrent; la Pivardière humant, à petites gorgées, le bouillon; la mercière attendant que son mari s'expliquât...

Et comme il ne s'expliquait pas assez vite à son gré, elle s'écria, avec un reste d'aigreur :

— Et puis... quelle bourde vous disposez-vous à nous débiter encore, monsieur?

— Il n'est pas question de bourde, madame, dit Anténor, et quelqu'un en qui vous avez une confiance... justifiée... votre aimable et estimable hôte, M. Pascal Siméonis, vous confirmera, tout à l'heure, en rentrant, la sincérité de ma résolution.

« Je partirai ce soir de Paris pour n'y plus revenir.

— Jamais?

— Jamais!...

Partagée entre la joie et la stupéfaction, — une joie peu flatteuse pour son mari; — dame Monique restait muette.

— Oui, reprit la Pivardière, ce soir, après souper, je quit-

a capitale pour n'y jamais remettre les pieds. Jamais! !! Je le jure sur le salut de mon âme...
le jure sur tous les saints du paradis!
vous connaissiez des serments plus solennels, chère e suis tout prêt pour vous persuader, à les prêter sans ion aucune.
présent, en échange d'une liberté que je vous rends... e... illimitée... il s'agirait de savoir ce que vous dai-m'offrir, vous!
i mérité, peut-être, depuis quelques années, votre ani-rsion en prenant... toujours... ma part des bénéfices re commerce, et en y contribuant... rarement.
is enfin, vous ne pouvez le nier: nous sommes mariés... en communauté de biens... or, si jusqu'ici j'ai abusé... tre... de mes droits, en ce moment suprême il m'est ns permis d'en user.
 bien! chère belle, sans bruit, sans esclandre, lorsque ous séparons de fait.. pour toujours... à combien éva-ous...— une fois donnée,— à mon profit, cette sépara-

tes. — Sans discours, sans périphrases, sans récrimina-»
e Latapie fronçait le sourcil; en dépit de la perspec-trayante et nouvelle que venait de lui ouvrir son il en coûtait à la mercière de se prononcer *illico* sur et brûlant.
elle réfléchit qu'elle pouvait tout compromettre en ne gnant pas à accorder un peu.
t, fit-elle, M. Pascal Siméonis se portera garant de votre tion ?
ui...
s partirez ce soir?
e partirai ce soir.
Et vous ne reviendrez...
Jamais!
Eh bien...

***

uis quelques instants, sans que ni la Pivardière ni dame ie s'en fussent aperçus, tant ils étaient occupés tous de cette douce conversation traitant en quelque sorte de divorce, depuis quelques instants, au dehors, dans la rue, t la boutique, à travers les vitres de laquelle plongeaient regards, un homme et une femme se livraient, de leur à un entretien que nous rapporterons, après avoir, au ible, esquissé la figure de ces deux nouveaux person-.
omme pouvait avoir la trentaine. Il était grand, mince; it ce qu'on appelle une bonne figure; honnête et pla-Il était vêtu à la façon des paysans de la Haute-Breta-les culottes larges et plissées, trois gilets de longueur couleurs différentes, une chemise à col rabattu, une à manches et un manteau court à collet, comme celui petit maître de la cour de Henri III. Un chapeau rond à s bords, légèrement relevés, orné de plumes et de ru-couvrait son front.
femme, — une Bretonne aussi, — avait vingt-sept à huit ans. Jolie, quoique un peu roussotte, son costume, appelait celui des châtelaines du moyen âge, consistait rd en une coiffe à fond étroit plissé, garnie d'un bord ant turban, et au sommet de laquelle était fixé un voile mbant sur les épaules. Ses cheveux, séparés sur le front, nt contenus par un ruban ceignant la tête. Une collerette telles raides et empesées; une robe brune, à manches s, de couleur rouge, que recouvrait un corsage lacé par it et un jupon violet bordé de velours retenu par une ure de soie à fleurs d'argent, nommé *livrée;* enfin des ouges à coins de couleur et pour chaussure des sabots és, complétaient son ajustement.
Maintenant que disaient cet homme et cette femme en ulant devant la boutique avec une animation telle que n'eût été la neige qui tombait drue, un cercle de badauds n'eût pas manqué de les entourer bientôt tant pour les écouter que pour examiner leur singulier costume.

— Je t'assure, Yvon, que c'est lui.. que c'est bien lui! Pardi, je connais peut-être bien mon homme!

— Sans doute, cousine Sylvie! Qui est-ce qui le connaîtra si ce n'est vous! D'ailleurs, je suis de votre avis: ça a bien l'air d'être M. Anténor... seulement... dans le premier moment... comme ça, assis... Et puis, il ne fait guère clair, là-dedans... Enfin, si c'est lui, c'est lui, quoi! Et puis, cousine, qu'est-ce que vous décidez ?..

— S'il tournait un tant seulement les yeux de ce côté..

— Il nous verrait... c'est juste. Et ça vous est égal, alors qu'il nous voie, cousine?

— C'est à dire que je ne m'en vais point, maintenant, sans lui! Ah bien! Par exemple! Nous ne l'aurions point rencontré, cet ami... bon!... Nous nous en retournions là-bas... comme nous étions venus... Mais à cette heure que le hasard le met sur notre chemin... j'en profite!...

« Mais quel bonheur que tu aies eu l'idée de t'arrêter devant cette boutique, Yvon!

— Puisque ça vous fait plaisir, j'en suis content aussi, cousine.

— Oh! Mais qu'est-ce qu'il peut faire là à jaser avec cette petite femme bossue?

— Et vieille! Il ne jase point d'amourettes, toujours... vous ne pouvez pas redouter ça, cousine.

— Oh! Non!... Je n'ai pas de jalousie! — Il a une écuelle devant lui...

— Il sera entré boire quelque chose dans cette maison.

— Boire!... Mais on ne vend pas à boire dans cette maison... on y vend des rubans... des affiquets... de la mercerie!... Vois l'enseigne, plutôt: *Au Chariot d'Or,* dame Latapie, mercière...

— Eh bien, c'est que dame Latapie, la mercière, est une connaissance à M. Anténor. — Puisqu'il est de Paris, cet homme, il y a des connaissances, ça se conçoit. — Il sera entré dire bonjour, en passant, à cette dame, et, par politesse...

— Oh! Je n'y tiens plus, moi, Yvon... je n'y tiens plus! Avec ça qu'on gèle comme ça sous la neige! J'entre... Entres-tu aussi?

— Si vous entrez... j'entre aussi, pardi!

— Alors, viens! s'il se fâche de ce que j'ai quitté Nantes sans sa permission, il se fâcherait bien plus fort, je crois, si je lui disais plus tard que je suis venue à Paris, que je l'y ai vu... et que je ne lui ai pas parlé...

Sur ces conclusions, la Bretonne poussa résolûment la porte de la boutique dans laquelle elle s'élança escortée du Breton.

Et marchant droit à la Pivardière, qui en était pour le quart d'heure à demander à dame Latapie à combien elle évaluait, à son profit à lui, — en espèces sonnantes, — les bienfaits de leur séparation à l'amiable:

— Bonjour, Anténor, bonjour, mon homme! s'écria Sylvie. C'est moi. Embrasse-moi d'abord, tu me gronderas après.

Il faudrait mieux qu'une plume, il faudrait un pinceau pour rendre fidèlement l'effet du tableau que produisit l'apparition instantanée, soudaine, au *Chariot-d'Or*, de cette femme, sur la qualité sociale de laquelle, nous n'en doutons pas, le lecteur n'a dès le premier moment pas éprouvé une seconde de doute. En apercevant cette femme, *la sienne*, — comme dame Latapie était *la sienne* aussi, — et en apercevant tout d'un coup celle-ci en face de celle-là, la Pivardière, le bigame, était resté comme frappé de la foudre. S'il ne tombait pas en poussière, ce n'était certes point l'envie qui lui en manquât. Quant à dame Latapie, écarquillant ses petits yeux après avoir ouvert autant que possible ses grandes oreilles, elle contemplait anxieuse cette femme qui venait de dire à Anténor: « Bonjour, mon homme! » Anxieuse, non pas parce que désolée de ce qu'elle avait entendu, mais au contraire parce que désirant de l'entendre derechef.

Joignez à ces trois personnages principaux groupés comme suit: Anténor cloué à sa chaise, derrière le comptoir de gauche, sa femme Sylvie en face de lui, au milieu de la boutique,..

Sa femme, Monique, debout, derrière le comptoir de droite..

Joignez le cousin Yvon Legallec un peu en deçà, près de la porte de la boutique...

Et un peu en delà, Gillette, qui vient de rentrer, attirée par les éclats de voix de la Bretonne...

Et vous aurez cinq physionomies sur lesquelles il vous sera loisible d'étudier l'étonnement, la stupeur, dans leurs phases les plus accentuées.

Mais dame Latapie avait trop d'intérêt à ce que le silence qui avait succédé aux paroles de Sylvie ne se continuât pas, pour ne pas rompre la première ce silence.

— Qu'avez-vous dit, madame? s'écria-t-elle en interpellant la Bretonne. Comment avez-vous appelé... monsieur?...

D'un doigt tremblant la bossue désignait Anténor.

—Et puis, répliqua Sylvie, qui ne vit pas, qui ne pouvait pas voir de mal à dire la vérité, — qui n'était étonnée que d'une chose : de ce que sa présence parût causer une impression si pénible à son mari, — et puis, je l'ai appelé : « mon homme. »

— Votre homme!...

Dame Latapie tressaillit. — De joie, toujours. — Elle continua : — Elle n'avait fait qu'entrevoir, il fallait qu'elle vît.

— Ah! votre homme!... Alors... vous êtes la femme de M. Anténor de la Pivardière, madame?

— Eh bien, oui, je suis sa femme... oui, je suis sa femme, reprit la Bretonne, commençant non à s'alarmer, mais à s'impatienter de ces questions, et surtout du ton dont elles lui étaient adressées. Après? C'est-il que je n'en vaux pas bien une autre, parce que je ne suis pas habillée à la mode de Paris?

— Comment donc, madame! Si vraiment vous en valez une autre... vous valez même mieux qu'une autre, probablement, dans l'opinion de M. de la Pivardière..

— Mais non dans la vôtre, peut-être?

— Oh!... dans la mienne. . en effet!... Ah! Vous êtes la femme de ce beau monsieur!... Et, sans indiscrétion, quand et où vous a-t-il épousée, ma mie? Contez-moi donc cela, je vous conterai en échange autre chose qui vous amusera!

— Je n'ai pas besoin qu'on m'amuse... mais si vous tenez à le savoir, je n'ai pas de raisons non plus pour m'en cacher! Pas vrai, Yvon? Les Legallec sont d'honnêtes gens et personne dans le pays n'a honte d'avoir fait alliance avec eux!

« Ah! je devine! Peut-être bien que madame est parente de M. de la Pivardière et qu'ignorant qu'il avait épousé une paysanne...

— C'est cela même; je suis parente, très-proche parente de M. de la Pivardière... et j'ignorais qu'il se fût marié en Bretagne. Ma curiosité n'a donc rien que de très-naturel, n'est-ce pas?

— Eh bien, nous nous sommes mariés il y a quatre ans, à Bourgneuf, dans le duché de Machecoul...

— Mariés... Vous vous êtes mariés? ce qui s'appelle mariés? A l'église... et par-devant notaire?

— Hein!...

Un éclair de colère jaillit de la prunelle de Sylvie. On avait l'air de mettre en doute l'authenticité de son union! Déjà froissée par l'accueil plus qu'extraordinaire de son mari, sa patience ne résista pas à ce qu'elle prenait pour une impertinence, une injure gratuites de la part de la mercière; son sang de Bretonne se révolta.

— Ah! çà, dites donc, vous, s'écria-t-elle, en se campant, les poings sur les hanches, devant dame Latapie, en avez-vous bientôt fini, au fait, avec vos comment et vos pourquoi? Et qu'est-ce que ça vous regarde, après tout, mes affaires et celles de mon homme?... En voilà-t-il pas une sotte petite vieille! Oui, nous sommes mariés, là!... Mariés à l'église et par devant monsieur le tabellion! Et si ça vous gêne, tant pis! Ce n'est pas vous qui nous démarierez, je pense, la dame à la taille en fagot!

— Ah! mon doux Seigneur!... Ah! misère de ma vie!.. Ah! juste ciel. misère de ma vie! Mon doux Seigneur!...

C'était la mercière qui proférait ces exclamations... suffoquée qu'elle était par les deux épithètes que Sylvie venait de lui jeter à la face... — deux épithètes assez dures à digérer, réellement, — et suffoquée à ce point que lorsqu'elle n'avait que quelques mots à répondre, — quelques mots terrib[illegible] pour riposter à celle qui l'insultait, dame Latapie ne tro[illegible] rien à dire... rien... que de vagues plaintes... d'incohér[illegible] doléances!... d'inutiles lamentations. .

Cependant la Pivardière avait eu le loisir de se remett[illegible] coup le plus affreux que le sort pût lui réserver; celui[illegible] placer subitement entre ses deux femmes. Que faire pou[illegible] pour se tirer de là? Bien qu'il n'y eût point pris part, [illegible] force lui manquait, — le malheureux avait tout entend[illegible] la scène qui précède...

Or, jusque-là, dans cette scène, pas une parole qui le [illegible] promît positivement aux yeux du moins de celle, près d[illegible] quelle il lui importait de n'être point compromis... — qu'il aimait; sa chère Sylvie!

Point de temps à perdre, et il n'en avait que trop p[illegible] déjà! L'avenir est aux fous, le présent est aux sages. Pu[illegible] dame Latapie, étranglée par la fureur, se taisait, il fallait [illegible]iter de son silence...

La Pivardière s'élança et saisissant à la fois sa femme, *seconde*, — et son cousin Yvon par le bras, et les pou[illegible] vers la porte de la boutique : « Venez!.. venez! » s'écria

Mais il avait compté sans *sa première!*

Au mouvement du bigame, au bruit de sa voix, dame [illegible] pie, à son tour, était sortie de son état de prostration nerve[illegible] Il allait s'échapper, s'échapper avec *l'autre!...* Que nenni

Elle se précipita entre eux et la porte.

Et, malgré eux, ils reculèrent devant cette petite fe[illegible] frêle et chétive...

— Ah! vous voulez fuir, s'écria-t-elle avec un accen[illegible] fit frémir Anténor, et frissonner également Sylvie. Ah! voulez fuir!... Ah! ah!... Du tout! du tout!... On ne se s[illegible] pas comme ça, mon beau monsieur, qui vous mariez en [illegible]tagne... ma belle campagnarde qui me traitez de : « sott[illegible] tite vieille! » On ne se sauve pas comme ça!... Gillette... pelle bien vite Riquet, l'apprenti! qu'il aille cherch[illegible] guet?... C'est en présence du guet que je parlerai... q[illegible] dirai tout!. . Et puis, ne m'entends-tu pas, Gillette? Oh! [illegible] née petite fille, tu crains pour ton oncle, peut-être... [illegible] refuses de m'obéir!... Eh bien, malgré toi, malgré lui, [illegible] gré tout le monde je... Ah! toi aussi, tu me trahis, Gille[illegible] Attends! attends!... je me passerai de toi...

« A moi, à moi, tout le monde!... Venez, accourez!..!

— Ah!... monsieur Pascal, au nom du ciel, sauvez-m[illegible]

Au moment où, furieuse de ce qu'elle appelait la trah[illegible] de Gillette, dame Latapie s'en allait en criant ouvrir t[illegible] grande la porte de la boutique donnant sur la rue, P[illegible] Siméonis et Jean Fichet, revenant au *Chariot d'Or*, n'éta[illegible] plus justement qu'à quelques pas de cette porte...

S'ils avaient entendu les appels furibonds de la merc[illegible] ils entendirent en même temps l'invocation suppliante, [illegible]espérée de son mari...

C'est le fait des esprits intelligents de tout compre[illegible] d'un regard. — En voyant la mercière affolée de rage, et [illegible]ténor affolé de terreur... En voyant surtout cette gr[illegible] belle Bretonne, — toute pâle, — et son cousin, tout éba[illegible] bref, en voyant, au fond, Gillette consternée, Pascal, en seconde, fut au fait de la situation...

Et il ne balança pas non plus une seconde à s'y immi[illegible] à sa façon.

Commençant par repousser la mercière à l'intérieur [illegible] boutique, dont il referma la porte sur lui.

— Taisez-vous, dame Latapie! ordonna-t-il.

Et comme dame Latapie ne se taisait pas; comme elle [illegible] lait plus fort au contraire : « A moi! à moi, voisins et v[illegible] nes!... A moi, passants. »

— Va! dit Pascal à Jean Fichet.

Ce ne fut pas long. Jean Fichet étendit la main, saisi[illegible] bossue par sa bosse et se servant du premier objet qu'il a[illegible] çut, — morceau d'étoffe de soie ou de laine, — il la b[illegible] lonna.

— Maintenant, reprit l'aventurier, s'adressant toujou[illegible] son valet, porte cette bonne dame à sa chambre et reste[illegible] à ses côtés jusqu'à ce que je vous rejoigne.

Jean Fichet obéit encore; il disparut par le fond emportant sous son bras *la bonne dame.*

Gillette avait fait un mouvement comme pour protester contre la manière dont on retirait son libre arbitre à sa tante.

Mais Pascal regarda Gillette, et la jeune fille se résigna devant une exécution brutale, sans doute, mais nécessaire.

Alors, se tournant vers Sylvie qui, si elle ne s'était pas chagrinée, comme Gillette, de cette exécution, s'en était, en revanche, fort étonnée :

— Madame, dit Pascal Siméonis, la dame Monique Latapie, la personne dont je viens de vous débarrasser, est, — votre mari n'avait pas osé vous le dire, sans doute, — est une de ses créancières les plus farouches.

« Il lui doit beaucoup... beaucoup. Et comme il ne peut la payer... pour se venger, si je n'étais arrivé, elle l'eût fait mettre en prison.

« Dorénavant, madame, de crainte qu'il ne lui arrive malheur... puisqu'il est trop pauvre pour payer ses dettes... et pas assez sage, étant pauvre, pour ne point affronter ses créanciers... dorénavant ayez donc soin de garder toujours votre mari à vos côtés... en restant vous-même toujours dans votre pays.

« Et pour commencer, quittez à l'instant Paris tous les deux!

— Oh! je ne demande pas mieux! s'exclama Sylvie.

— Bon!... allez donc seller votre cheval, monsieur de la Pivardière... qu'attendez-vous, puisque rien, rien, n'entrave plus votre départ?

Ce pauvre Anténor, il eût été bien embarrassé de dire ce qu'il attendait. La vérité est que, dans le désordre moral et physique où l'avaient plongé ces événements, il ne se souvenait même plus qu'il eût un cheval. L'apostrophe de Pascal lui rafraîchit la mémoire. Il quitta la boutique et courut à l'écurie seller le remplaçant de Tarot. Quand il revint, après avoir amené, par la cour, dans la rue, sa monture près de la boutique, Sylvie, tout à l'heure pâle et inquiète, était rose et joyeuse.

— Qu'est-ce donc? fit le bigame, surpris de ce retour du soleil.

— Oh! mon ami, s'écria la Bretonne en lui montrant une grosse bourse... c'est... c'est que décidément Paris est une bien drôle de ville! Tout à l'heure une créancière voulait t'y faire mettre en prison, et voilà que maintenant...

— Voilà que maintenant un ami est heureux de s'y acquitter entre vos mains, madame, de ce qu'il doit à votre mari; mais cela est tout simple, et je ne mérite pour cela aucun remerciement...

« N'est-il pas vrai que je vous devais mille livres, la Pivardière?

La Pivardière devint rouge jusqu'aux oreilles.

— Mille... mille... li... livres!... bégaya-t-il.

Et les mains étendues vers Pascal il allait le remercier. Mais celui ci reprit brusquement :

— Allons! .. allons... la nuit tombe!... Partez... Dame Latapie doit s'ennuyer là-haut!...

La Pivardière tressaillit.

— Pauvre dame! soupira Sylvie; au fait, dis donc, Anténor... moi qui me réjouissais d'emporter cet argent que vient de nous donner ce bon monsieur... je ferais peut-être mieux de le laisser pour elle!...

Pascal sourit.

— Ce ne serait pas assez! répliqua-t-il. Mais c'est égal, c'est bien à vous d'avoir eu cette pensée, petite femme. Le bon Dieu vous en tiendra compte.

— Et vous?

— Moi, quoi?

— Vous ne m'en tiendrez pas compte aussi en venant un de ces matins passer une quinzaine de jours là-bas... chez nous?

— Où cela chez vous?

— A Nantes, pardi! Anténor ne vous a donc pas dit que nous habitions à Nantes... près du Bouffai... le château du Bouffai.

— Si... il me l'avait dit, mais je ne me le rappelais plus Je me le rappellerai toujours maintenant, et peut-être, en effet, un de ces matins irai-je vous surprendre. Adieu.

— Adieu, non... au revoir, monsieur. . — Monsieur?

— Pascal.

— Au revoir, monsieur Pascal.

Sylvie tendait gentiment la joue à l'aventurier. Un baiser à la femme... — *la seconde* — une poignée de main au mari...

Un salut à Yvon Legallec qui s'était chargé de conduire le cheval en bride tandis que son cousin et sa cousine suivaient, bras dessus bras dessous, pour gagner l'auberge des *Enfants-Blancs*, rue de l'Arbre-Sec, où nos Bretons avaient leurs valises et leurs bidets...

Puis... puis nous laisserons ces trois personnages s'éloigner; l'un, Yvon, — regardant, admirant tout autour de lui, dans les rues, comme un paysan qu'il est qui n'a jamais vu la capitale et qui, pour cette raison, serait désolé d'en perdre une enseigne!... une borne... un pavé!

Les deux autres causant... Et Dieu sait s'ils avaient sujet de causer en se retrouvant ainsi brusquement réunis!

Car enfin, maintenant qu'il était plus calme, pourquoi madame de la Pivardière II était-elle venue à Paris tandis qu'il s'y croyait tranquille près de madame de la Pivardière I, voilà ce qu'Anténor était en droit de demander.

Et ce que, certes, il demanda.

Pour nous, qui ne soupçonnons pas la chose susceptible au fond de grand intérêt, nous ne nous en occuperons pas...

Et, comme fin de ce chapitre et de notre seconde partie, nous nous bornerons à mentionner qu'en moins de cinq minutes, à l'aide de deux arguments, Pascal Siméonis réussit à obtenir de dame Latapie l'abandon de tous projets de vengeance à l'endroit du bigame.

Le premier argument, — le meilleur peut-être, — fut un présent d'une cinquantaine de pistoles, — offert à titre de dédommagement de certaines petites violences dont la bossue avait été l'objet.

Quant au second :

— Madame, dit Pascal à la mercière, sans être absolument l'ami de votre mari, j'ai pour lui, cependant, quelque affection, résultant de la conviction, chez moi, de l'existence de quelques bons sentiments chez lui.

« Or, comme il me déplairait qu'un homme que j'aime... si peu que ce soit... fût pendu ; il y a mieux : comme je deviendrais immanquablement l'ennemi de la personne qui ferait pendre cet homme, je vous crois trop aimable vous-même... et trop intelligente, pour encourir mon inimitié.

« Quel était votre vœu le plus cher? D'être séparée sans retour de votre époux? Eh bien, votre vœu est exaucé. De ce jour vous êtes veuve... sinon légalement, au moins de fait...

« N'ayant plus de raisons pour souffrir, vous ne devez plus en avoir pour haïr.

« Si vous ne pardonnez pas, oubliez. »

***

Dame Latapie avait dit : « J'oublierai. »

Elle avait empoché les cinquante pistoles.

Comme il remontait à sa chambre, Pascal rencontra Gillette.

La blondinette pleurait tout bas.

— Qu'avez-vous, chère petite? lui demanda-t-il.

— *Il* ne m'a pas même dit adieu! murmura-t-elle. *Il* ne m'a pas même embrassée en partant.

« Et je l'aimais pourtant bien, moi, il n'en doutait pas! »

Comment consoler Gillette? — Ah!...

— Vous vous trompez, chère enfant, répliqua l'aventurier. Votre oncle ne vous a pas oubliée en partant...

« Tenez, voici ce qu'il avait acheté pour vous, tantôt, en se promenant avec moi, et ce qu'il m'a chargé de vous remettre. »

L'aventurier tendait à la jeune fille un petit cœur en or

suspendu par un cordon de soie, qu'il venait de tirer de sa poche.

— Vrai! s'écria Gillette. C'est pour moi, cela!... Et c'est pour moi que mon oncle l'avait acheté?

— Je ne mens jamais, mademoiselle! dit Pascal avec un grand sérieux, en passant le cœur d'or au cou de la jeune fille.

* * *

Si! Il mentait! Ce bijou, il l'avait pris dans le coffre de fer dans la *maison de la morte*. C'était une de ses chères reliques de sa bien-aimée mère!...

Mais ce mensonge était-il coupable? Et lui-même avait-il mal fait, pour sécher les larmes de Gillette, de se séparer du cher bijou?

Pour notre compte nous ne le pensons pas.

FIN DE LA DEUXIÈME PARTIE.

TROISIÈME PARTIE.

LE COMPLOT.

I

Comment la duchesse de Chevreuse n'en dit pas plus qu'elle n'en voulait dire et comment c'est mauvais signe quand on s'embrasse d'entendre un chien *hurler à la mort*.

Un mois s'est écoulé depuis les derniers événements que nous avons rapportés. C'est le soir; neuf heures sonnent. Pénétrons dans le gros pavillon du Louvre, et montant au premier étage, suivons une longue série de pièces, décorées à profusion de sculptures, de dorures, de peintures et de pierres incrustées; nous sommes dans les appartements d'Anne d'Autriche, reine de France. Parmi toutes ces pièces, une se distingue par une simplicité relative; c'est la chambre des bains, liée par *le pont des soupirs* au petit jardin du palais; c'est là que se tient d'ordinaire l'épouse de Louis XIII; c'est là que la majesté royale se plaît, en compagnie de madame la duchesse de Chevreuse, à oublier les ennuis, les chagrins qui l'accablent à la cour, pour jouir des plaisirs d'une tendre intimité.

Nous vous avons donné le portrait de madame de Chevreuse, voulez-vous celui de la reine? Anne d'Autriche, née en 1601, avait donc vingt-cinq ans à l'époque où se passe notre histoire. Sans être une beauté accomplie, elle était charmante avec son teint rosé, ses yeux bleus mêlés de vert, sa bouche petite et vermeille, son front noblement découvert. Elle était de grande taille; elle avait les bras les mieux modelés qu'on pût voir, les mains fines et d'une blancheur éblouissante; un pied de race. Assise sur des carreaux de velours, suivant l'habitude que les Espagnols tiennent des Maures, Sa Majesté était habillée ce soir-là d'un satin bleu brodé d'or et d'argent, avec des manches pendantes rattachées par trois gros diamants. Un petit bonnet de velours bleu surmonté d'une noire plume de héron, contenait sans les em
sonner les boucles luxuriantes d'une chevelure blonde, a
rare parmi les Castillanes...

Au moment où nous nous introduisons près d'elles,
reine, dans la position que nous avons dite, rêvait, les y
fixés sur un ruban qui flottait entre ses doigts...

Debout, près de la fenêtre donnant sur le jardin, la
chesse de Chevreuse semblait guetter, à travers les vi
quelque visiteur attendu...

Un soupir échappé à son auguste amie tira la duchesse
son occupation. Elle se retourna. Hélas! le soupir n'était
parti seul; une larme l'avait suivi ou précédé...

Marie de Rohan se précipita, et, par un mouvement
preint d'une familiarité respectueuse, retirant de la m
d'Anne d'Autriche le ruban qu'elle enferma dans un de
immenses coffres d'ébène qui faisaient, alors, office d
moires :

— Allons, ma reine, dit-elle, est-ce l'instant de pleu
quand, dans quelques minutes, nous devons aviser
moyens de nous venger enfin de notre plus cruel ennemi!

« Là!... Mais si ces messieurs trouvaient, en arrivant,
tre joli visage mouillé de larmes, tout serait perdu! Ils
seraient que vous n'avez point confiance en notre cause...

« Et vous voyant désespérée, ils n'espéreraient plus!...

La duchesse essuyait, délicatement, à l'aide d'un mouc
de batiste, la joue de la royale attristée. — Un sourire
comme malgré elle, aux lèvres de cette dernière.

— Il est vrai, dit-elle; il serait maladroit de retirer le
rage à nos amis!... Ils n'en ont peut-être déjà pas plus
ne faut!

— L'un d'entre eux surtout, repartit madame de Chevr
d'un ton de dédain, et celui-là justement qui devrait se
trer le plus déterminé. M. le duc d'Anjou!...

« Oh! aussi ne compté-je guère sur Son Altesse! Si l'a
réussit, c'est bien... il en profitera... le premier. Mais da
cas où elle échouerait...

— Il serait le premier, aussi, à demander humblement
don de ses torts au cardinal.

— Je n'en doute pas! Heureusement que, par contre,
doute pas non plus du succès de notre entreprise!...

La conviction qui animait la duchesse faisait étincele
yeux, vibrer sa voix.

— Chère Marie, reprit la reine en l'attirant à ses côtés
les carreaux, c'est pour moi que tu t'es lancée dans cett
bale, en y entraînant... ton ami le plus cher!

— Et qui donc, si ce n'est l'homme que j'aime... et
m'aime... ne serait heureux de se sacrifier avec moi,
vous, ma reine! répliqua Marie de Rohan. Il fallait un
glorieux en tête de notre liste de conjurés. Monsieur,
l'insouciance et la faiblesse sont prouvées, ne pouvait
offrir ce nom. J'ai demandé le sien à Henri de Chalais...

— Et il n'a pas hésité?

La duchesse, à son tour, eut un sourire.

— Il a d'autant moins hésité, repartit-elle, qu'il ne sa
encore le premier mot de mes projets.

— Il serait possible! C'est donc toi...

— C'est moi qui ai tout rêvé, tout conçu, oui. Oh! Je
assurée de la tendresse de M. de Chalais... certaine aussi
vaillance... quand le moment d'agir sera venu!...

« Mais il est si fou, lui aussi, par moments... si facile à
prendre! — Oh! non pas par les mêmes motifs que M. le
d'Anjou! Ce n'est pas le cœur qui lui manque, à lui!...
péchait, ce serait plutôt par excès contraire!...

— Enfin, qu'as-tu résolu, ne peux-tu me le conter d'ava

— Ce que j'ai résolu, mais je veux qu'avant huit jours
soyez délivrée de M. de Richelieu. De ce méchant qui
poursuit insolemment de sa haine... et qui, s'il n'a
réussi encore à vous frapper, comme reine, comme fe
du moins, ne vous a déjà que trop martyrisée!

A ces mots qui se rapportaient à la conduite tenue
cardinal lors de certains faits dont le souvenir la pours
vivace et douloureux, — des faits acquis à l'histoire et
plume plus habile que la nôtre a rendus, tout récem
populaires : les amours de la reine avec le beau Buckin

— à ces mots, Anne d'Autriche pâlit, et pressant convulsivement dans ses mains les mains de son amie :

— Tu as raison, Marie, s'écria-t-elle, M. de Richelieu ne mérite point de grâce !

— Et on ne l'épargnera pas non plus, je vous le promets! reprit madame de Chevreuse.

— Mais...

— Mais, pardon, ma reine, j'ai entendu le signal convenu avec doña Stéphania. Ces messieurs sont arrivés, je suppose, pendant que nous causions... — oui, voici l'heure; neuf heures et demie... — ils attendent dans la salle, à côté...

« Me permettez-vous toujours de vous les présenter?

Anne d'Autriche releva fièrement la tête.

— Plus que jamais, fit-elle. Me prends-tu pour mon frère Gaston, Marie, et crains-tu qu'après avoir dit : « oui, » je ne dise « non! »

« Va! »

* * *

La duchesse avait dit juste : doña Stéphania, une des femmes d'Anne d'Autriche, et l'une de ses dévouées, — la seule Espagnole qu'elle eût conservée auprès d'elle; — doña Stéphania venait, en grattant d'une façon particulière à la porte de la chambre des bains, d'annoncer l'arrivée des conjurés...

Marie de Rohan courut ouvrir. Ils entrèrent.

C'étaient Gaston, duc d'Anjou, le grand prieur de Vendôme, le comte Henri de Chalais, le marquis de Puylaurens, le comte de Rochefort, le baron de Luxeuil et le comte de Moret.

Ils défilèrent les uns après les autres, devant la reine qu'ils saluèrent en silence; puis la porte de la salle s'étant refermée, gardée en dehors par la sentinelle doña Stéphania, sur un signe de leur royale hôtesse, ils prirent place sur des siéges.

Mais cette sorte de solennité de mise en scène, à lui imposée comme aux autres, ne pouvait être du goût de Gaston.

— En vérité, fit-il en riant, sauf la toque et la robe, nous avons l'air de juges du Châtelet près de statuer sur le sort de grands criminels!...

« Très-bien de conspirer... mais qu'est-ce qui nous empêche de conspirer gaiement?...

« Pour ma part, je l'avoue, la gravité me gêne!

« Voyons, belle petite sœur, avant de vous occuper d'affaires sérieuses, est-ce que vous ne consentirez pas à rire un peu d'une de mes dernières prouesses avec Rochefort et Chalais... mes *vauriens* favoris?

« Une minute, bah! Nous aurons toujours bien le temps ensuite de nous occuper de l'homme rouge! »

Anne d'Autriche ouvrait la bouche pour répondre que le moment lui semblait mal choisi pour rire; mais, se tournant vers la reine, madame de Chevreuse lui dit malicieusement :

— Laissez-le parler, madame. Son Altesse est encore un enfant... il faut passer aux enfants leurs caprices. »

C'était vrai; Gaston n'était guère qu'un enfant, alors, — il n'avait pas dix huit ans; — et malheureusement pour lui il devait rester un enfant toute sa vie.

Il menaça, du doigt, la duchesse.

— Oui-dà! reprit-il. « Laissez-le parler! » Il m'est avis pourtant, belle dame, que vous ne tenez pas tant à me satisfaire, en cette circonstance, qu'à connaître le rôle qu'a joué Henri dans l'aventure en question!...

— Oh! je sais M. de Chalais si capable de tout, comme vous, monseigneur, que ma curiosité, si j'en ai, est encore au-dessous de mon indulgence!

— Pas mal riposté! Eh bien, je n'en aurai pas le démenti... je vous apprendrai ce que nous pouvons faire, mes amis et moi, lorsque nous avons vidé quelques bouteilles de vin d'Espagne... et que nous nous ennuyons. — Car notez-le bien, mesdames, c'est surtout parce que nous nous ennuyions que nous avons jeté hier au soir nos chapeaux par-dessus... par-dessus les parapets; eh! eh! La comédie de l'hôtel de Bourgogne n'était pas à mon goût, hier; il n'y avait pas de lansquenet à la cour. Que devenir toute la soirée? « Allons-nous-en au Pont-Neuf, dis-je à Chalais et à Rochefort... pour nous divertir, nous jouerons un quart d'heure aux *tire-laines!* »

— Fi! dit la duchesse, le frère du roi se divertir en détroussant les gens!

— Bah! répliqua Gaston, les détrousser ou les ruiner d'impôts, quelle différence y a-t-il?

« Le commerce allait assez bien, nous avions déjà volé une demi-douzaine de manteaux quand les archers accoururent. Nous nous blottîmes, Chalais et moi, derrière une baraque de charlatan, et Rochefort, au lieu de nous suivre, eut l'idée bizarre de se jucher sur le cheval de bronze placé au milieu du pont et qui, depuis tantôt onze années, attend que le roi mon père vienne le monter. Par malheur, la nuit n'était pas noire; les soldats aperçurent le comte et se mirent en devoir de l'atteindre. Ah! ah! Voyez-vous d'ici les archers tournant tout à l'entour du cheval sur lequel, de son côté, Rochefort se promenait de la croupe à la tête et de la tête à la croupe! Enfin, attirés par ses cris, ses rires, nous sortîmes de notre cachette, Chalais et moi, et nous nous élançâmes à son aide. Il était temps, un archer le tirait comme un possédé par la jambe...

— Et si méconnaissant, ou feignant de méconnaître votre qualité, — que vous leur avez sans doute déclinée, pour délivrer M. de Rochefort, — si les soldats vous avaient emmené au Châtelet avec lui, vous imaginez-vous, prince, que le roi eût bien pris une facétie... qui eût eu pour résultat de faire coucher en prison, comme un voleur, un fils de France?

C'était la reine qui avait prononcé ces mots.

Gaston haussa les épaules.

— Peuh! fit-il, mon frère eût ordonné d'emprisonner à leur tour les archers pour leur apprendre à se montrer moins incrédules une autre fois...

— Le roi eût ordonné cela, soit! dit madame de Chevreuse, mais le cardinal de Richelieu eût ordonné le contraire, lui.

« Et comme c'est à lui qu'on obéit... d'abord...

Gaston fronça le sourcil.

— En effet, murmura-t-il, c'est le plus souvent... à Son Eminence qu'on obéit.

Et, après une seconde de silence, comme si l'observation de madame de Chevreuse eut réveillé des ressentiments en lui assoupis, il reprit d'un ton sec :

— Eh bien, pour qu'on ne lui obéisse plus tant, voyons donc ce que vous avez imaginé, belle duchesse. Nous vous écoutons.

Tous les yeux étaient fixés sur madame de Chevreuse; toutes les oreilles tendues pour ne perdre aucune de ses paroles.

— Messieurs, dit-elle, prenant sur elle une déclaration préparatoire qui, dans son esprit, devait lever toute indécision, si, parmi les assistants, il y avait des indécis; — messieurs, avant tout il est de mon devoir de vous avertir, au nom de Sa Majesté la reine, ci-présente, que si, par hasard, l'un de vous regrettait de s'être engagé dans une affaire... poussée déjà très-avant... celui-là est libre de se retirer immédiatement...

« Le complot n'est pas à établir... il existe. Par mes soins tout est préparé pour que rien n'en entrave la marche.

« Nous avons les bras pour agir; il ne nous faut plus que les têtes pour commander.

« Mais faute d'un officier... ou deux... une armée peut entrer en campagne et gagner la bataille.

« Je le répète donc; Sa Majesté la reine a cru pouvoir compter sur vous tous, messieurs... mais si elle s'était abusée, si, à la veille du danger, la prudence parlait à quelques-uns de vous plus haut que l'inimitié... »

Un murmure général interrompit Marie de Rohan

— Allons! s'écria le duc d'Anjou, ce n'est plus moi seulement, à cette heure, que vous traitez en enfant, belle duchesse, c'est chacun de ces braves gentilshommes, parmi les-

quels il en est qui, comme moi, ont dans les veines un sang royal (1). Terminez-en donc, s'il vous plaît, sans plus de préambules!... Si vous nous avez tracé le chemin à suivre, — et nous vous croyons assez d'intelligence et de zèle pour cela, — pour courir sus au Richelieu; tant mieux, ventre saint-gris! comme disait mon père! Nous n'aurons donc point crainte de nous égarer.

« Mais ce chemin, où est-il, quel est-il? Expliquez-vous.

— Expliquez-vous!... répétèrent six voix ardentes.

L'impatience avait gagné même le duc d'Anjou! La duchesse avait obtenu ce qu'elle désirait; la foi aveugle devait suivre.

—Je m'explique, dit-elle.

« Le roi a décidé ce matin qu'il partirait vers la fin de cette semaine, — soit dans cinq à six jours, — pour Fontainebleau, afin d'y jouir des premières douceurs du printemps.

« La cour allant à la campagne, Son Eminence ne saurait tarder à se rendre à sa terre de Fleury d'Argouges, située, comme vous savez, sur la lisière de la forêt de Fontainebleau.

« D'ordinaire, à Fleury, la garde de M. de Richelieu est peu nombreuse.

« D'ailleurs, peu nous importe! S'il a des mercenaires, pour le défendre, nous aurons, nous, des amis pour nous servir.

« Sous prétexte d'une promenade, messieurs de Chalais, de Vendôme, de Moret, de Luxeuil, de Puylaurens et de Rochefort, vous tombez au petit jour chez le cardinal. Et, — rapportez-vous-en à moi; — si tôt que vous arriviez à Fleury vous y aurez été devancés par les amis en question. Tandis que le ministre, pour racheter sa propre liberté, signe l'élargissement du maréchal d'Ornano, vous, prince, avec madame la reine, vous mettez à profit le temps auprès du roi; vous lui ouvrez les yeux sur les pratiques d'un méchant homme. Le roi est fort quand ce méchant homme n'est pas près de lui pour le dominer... L'occasion est on ne peut plus favorable d'ailleurs; Sa Majesté boude M. de Richelieu depuis l'affaire des ferrets d'aiguillettes, où j'ai roulé notre ennemi comme un véritable écolier... Sa Majesté n'hésitera donc pas à le sacrifier!

« Et... vous connaissez mon plan, messieurs. Il dépend de vous qu'avant huit jours Richelieu soit renversé. Que répondez-vous?

— Eh! ventre saint-gris! nous répondons que votre plan est accepté, belle duchesse... accepté d'enthousiasme et que nous le suivrons à la lettre; n'est-il pas vrai, messieurs?

— Oui, oui...

— En nous réservant la joie, le jour où Richelieu sera enfin tombé, d'élever sur un trône semé de lauriers... et de roses le charmant chef à qui nous devrons tous l'indépendance!

Ce qui avait le plus souri à Gaston, dans l'exposé du complot, c'était que, somme toute, la tâche qui lui y était réservée ne présentait point grands périls. Il n'aurait qu'à parler au roi, en compagnie de la reine, tandis que les conjurés s'empareraient de Richelieu; une besogne facile!

Aussi, on l'a vu, Monsieur ne ménageait-il pas les compliments à madame de Chevreuse.

(1) Le grand prieur de Vendôme et le comte de Moret étaient tous deux fils naturels de Henri IV.

Mais tout en étant résolus réellement à obéir au « charmant chef, » quelques-uns des conjurés n'étaient pas fâchés d'en savoir un peu plus long qu'il ne leur en avait dit.

Gaston, Chalais, Puylaurens, le prieur de Vendôme entretenaient déjà la reine de la façon dont on se partagerait le gâteau dès qu'on l'aurait tiré du four... — le gâteau, c'était le pouvoir; — mais Rochefort, avec Moret et Luxeuil, ayant pris madame de Chevreuse à l'écart, lui dit:

— Pardon, belle duchesse, mais il est un point de votre plan qui nous paraît obscur... et sur lequel il nous serait agréable d'être éclairés.

« Qu'est-ce donc, s'il vous plaît, que ces *amis* qui nous auront précédés chez M. de Richelieu... à Fleury... le matin où nous irons le surprendre?

Marie de Rohan devint sérieuse.

— Ceci est un secret, messieurs, repartit-elle, et, jusqu'à nouvel ordre, j'ai juré à ceux qu'il concerne de ne le point divulguer.

— Cependant...

— Cependant... si les amis annoncés se montrent vraiment dignes de ce titre par leur dévouement à notre cause, de quoi vous inquiétez-vous?

— Nous nous inquiétons, fit Moret, que c'est bien le moins quand on entre en campagne de savoir la quantité.. et l'espèce d'alliés qui doivent combattre avec vous.

— La quantité... nos alliés sont treize. L'espèce... ce sont des gentilshommes... et des plus braves parmi les plus braves.

— Mais...

— Qu'y a-t-il? fit le duc d'Anjou, attiré par le bruit de la discussion. Que demandez-vous à notre capitaine, messieurs?

— Nous lui demandons quelque chose de fort simple, croyons-nous, répliqua Luxeuil. Le nom des gens qui nous aideront à nous emparer de M. de Richelieu.

— Et ce nom, je refuse de vous le dire, messieurs, parce que, je vous le répète, jusqu'à nouvel ordre, j'ai juré de le taire. Et, tenez, interrogez à ce sujet M. de Chalais. Je n'ai point de secrets pour lui, cependant il vous dira qu'il ignore, comme vous, bien qu'ayant vu leur chef, quels sont les auxiliaires que j'ai recrutés pour les besoins de notre cause.

De Chalais s'inclina en manière d'assentiment.

— Maintenant, messieurs, poursuivit la duchesse, en promenant autour d'elle un regard où perçait une certaine ironie, vous faut-il des preuves de la vaillance de nos mystérieux alliés. Eh bien, allez interroger, à trois lieues d'ici, sur la route de Fontainebleau, un petit bois où, depuis un mois, plus de dix raffinés... — à commencer par MM. de Balbedor et d'Aguillon, — ont été trouvés morts... ce petit bois vous apprendra peut-être à qui appartiennent les épées qui ont tué les amis de M. de Lafeymas.

Un mouvement se produisit parmi les auditeurs.

— Quoi! s'écria le prieur de Vendôme, ceux qui ont tué MM. d'Aguillon, de Balbedor, de Chateauvieux, de Francgiron... — et cinq à six autres dont Lafeymas s'enorgueillissait comme des plus redoutables parmi ses bravaches... — ceux-là sont les mêmes...

— Qui ont juré de se saisir ... M. de Richelieu, oui, mes

sieurs. Et en attendant qu'ils s'attaquent au maître, ils s'en prennent aux valets...

« Et ils s'y prennent assez bien, qu'en pensez-vous? Dix en un mois. Pour peu que Son Éminence tardât à se rendre à Fleury, la troupe de coupe-jarrets appartenant à son âme damnée, M. de Lafeymas, n'existerait plus... qu'en souvenir. »

Devant de telles preuves non-seulement de courage, mais encore de supériorité comme adresse, il n'y avait plus qu'à s'incliner...

Et c'est ce que firent les conjurés.

Onze heures sonnaient d'ailleurs au beffroi de la Samaritaine. Il eût été imprudent de demeurer plus longtemps réunis.

— A bientôt donc, chère belle-sœur, dit Gaston en portant à ses lèvres la main de la reine. Et comptez sur moi... comme je compte sur vous.

— A bientôt! répétèrent les six gentilshommes en saluant.

— Et, jusque-là, fit madame de Chevreuse, en posant un doigt sur sa bouche...

— Oh! s'exclamèrent-ils, tous ensemble, pas un geste, pas un regard, pas un mot!...

***

La duchesse, — qui couchait ce soir-là, au Louvre, dans les appartements de la reine... — la duchesse avait voulu reconduire les conjurés jusqu'à la petite porte ouvrant sur le jardin, et dont doña Stéphania possédait la clef...

Et puis, peut-être aussi Marie de Rohan avait-elle quelques mots à dire, — qui ne concernaient pas le complot, — à Henri de Chalais au bras de qui elle marchait lentement, en arrière des autres seigneurs.

Car enfin c'est une belle chose que la politique, sans doute, mais, pour des amoureux, quand on a bien parlé de bouleverser le monde, n'est-il pas bon de se reposer un peu... en s'entretenant d'un mutuel et secret bonheur?

Le corridor qu'on suivait pour gagner la petite porte n'était que faiblement éclairé... Gaston et ses amis étaient trop loin, d'ailleurs, pour les voir...

Henri et Marie firent halte, et les mains dans les mains, le cœur contre le cœur :

— Quand vous verrai-je? dit-il.

— Mais demain, chez moi. A midi.

— Bien. — Et vous m'aimez? Vous m'aimez toujours?

— Oh!...

Elle allait lui donner un baiser. — La meilleure réponse à semblable demande... — Mais tout à coup, malgré elle, elle recula, frissonnante.

Un chien hurlait sous la fenêtre près de laquelle nos amoureux s'étaient arrêtés. Il hurlait *à la mort*, comme disent les bonnes femmes, — qui ne sont peut-être pas si niaises qu'on veut bien le croire.

— La vilaine bête! balbutia la duchesse; elle m'a fait peur!

— Folle! repartit gaiement de Chalais. Et de quoi pouvez-vous avoir peur?

Ils s'embrassèrent. — Le chien hurla de nouveau.

Un jour, brisée par le regret, le désespoir, Marie de Rohan devait se rappeler quel pronostic lugubre avait terminé cette soirée où le complot contre Richelieu avait été réglé.

II

Qui prouve qu'il ne faut désespérer de rien et que tout vient à point à qui sait attendre.

Oh! il avait été savamment conçu, pourtant, ce complot, et non moins savamment préparé, et n'eût été la folie d'un de ses affiliés — folie dont la duchesse avait conscience, — peut-être eût-il réussi!

Et lorsqu'on y songe, comment ne pas s'épouvanter du désordre qu'eût apporté dans le monde la chute prématurée de ce colosse qui avait nom Richelieu! Richelieu emprisonné, tué peut-être en 1626, que devenait la France livrée aux mains inertes et débiles de Louis XIII? L'Autriche, l'Angleterre, l'Espagne continuaient de nous mâter, les divisions intestines continuaient de nous déchirer. Plus de progrès en littérature, dans les arts, dans les sciences, dans les mœurs. Richelieu mort, après Louis XIII eussions-nous eu Louis XIV, c'est-à-dire le grand roi du grand siècle? Qui sait!... Impuissant à sauvegarder son sceptre, qui nous dit que Louis... *le Juste* eût été capable de sauvegarder son fils.

Enfin, jusqu'au soir où s'était passée la scène à laquelle nous venons d'assister, rien n'avait transpiré du complot. Et, cependant aussi, nous le savons, ce n'était point faute d'yeux et d'oreilles aux aguets pour en saisir la trame. Organisée par Lafeymas, qui usait à cet effet, sans compter, de l'or que Tatiane mettait à sa disposition, une police occulte surveillait incessamment les moindres mouvements du comte de Chalais, de la duchesse de Chevreuse, de Pascal Siméonis, de Juan de Sagrera!

Et de cette observation de tous les jours, de toutes les nuits, de toutes les heures, de toutes les minutes, quels fruits avait-on tirés? Pas d'autres que ceux-ci:

Que le comte de Chalais et la duchesse de Chevreuse s'aimaient toujours à la passion...

Que Pascal Siméonis était dévoué au comte de Chalais.

Que Juan de Sagrera venait souvent voir Pascal Siméonis, en lui recommandant, chaque fois, de se tenir prêt en cas de danger.

En cas de danger? quel danger? Evidemment Juan de Sagrera avait deviné, comme Tatiane et Lafeymas, que, de concert avec madame de Chevreuse, Henri de Chalais méditait le renversement du premier ministre; mais les amis du comte et de la duchesse n'en sachant pas plus, sur leurs moyens d'agir, que leurs ennemis, les ennemis ne gagnaient rien à espionner les amis... Rien! Rien! Rien!...

C'était à se briser la tête de rage, d'employer tant de temps, tant d'argent... et tant de haines... sans faire un pas... — un seul! — en avant.

Parmi les membres de ce que nous avons baptisé, à juste titre, le *trio de démons*, celui qui supportait, peut-être, avec le plus d'impatience, cet état, forcément latent, de choses, c'était Firmin Lapradt; et voici pourquoi: c'est que tandis qu'en qualité de secrétaire d'Henri de Chalais, il s'en allait, chaque matin, pendant quelques heures, essayer d'arracher au comte un secret... — que celui-ci lui livrait d'autant moins qu'il ne le possédait pas lui-même, — Pascal Siméonis, mettant à profit l'absence de son rival, — et encouragé dans cette voie par le baron des Ferriers qui n'ayant plus son neveu à ses côtés était enchanté d'y avoir son voisin, — Pascal Siméonis passait toutes ses matinées près de la baronne...

Et Bertrande, l'ignoble Bertrande, le voyait, elle, si Firmin Lapradt ne pouvait le voir : l'intimité entre la baronne et Pascal s'accroissait de jour en jour...

« Ils se serrent tant qu'ils peuvent les mains ! disait Bertrande à Firmin Lapradt ; ils se parlent bas dès qu'ils sont seuls. »

Un jour, — horreur ! — un jour elle avait cru les voir s'embrasser dans un coin. — Elle *avait cru !* Elle n'en était pas bien sûre !...

« Mais ce qu'il y avait de certain, » — c'est la duègne qui parle, — « ce qu'il y avait de certain, c'est que, s'ils n'en étaient pas encore à s'embrasser, cela ne tarderait pas ! »

*
* *

Dans la journée précédant l'entrevue des conjurés au Louvre, — le lendemain de celle où Bertrande avait dit à Firmin Lapradt qu'elle *croyait* avoir vu Pascal et la baronne échanger la plus intime des caresses, — l'avocat se présenta, morne et sombre, chez Tatiane.

Justement, Lafeymas s'y trouvait aussi.

— Qu'avez-vous donc, monsieur Lapradt ? s'écria la Moscovite.

— En effet, dit Lafeymas, comme vous voilà la figure à l'envers, cher monsieur ! Seriez-vous porteur de quelque fâcheuse nouvelle ?

— J'ignore si la nouvelle que je vous apporte vous déplaira, répliqua Firmin, mais, quoi que vous pensiez, ma résolution est irrévocable. Je suis las du rôle, — inutile d'ailleurs, — que je joue dans une comédie dont je ne prévois pas le dénouement...

« Et je viens vous annoncer que je renonce à ce rôle.

— Ah ! fit Titiane. Et vous y renoncez... par fatigue seulement ?

— Par fatigue... et puis parce que j'ai décidé de me consacrer sans plus de délais à une œuvre que j'ai, dès longtemps, rêvée.

— Et cette œuvre ?

Firmin Lapradt hésita. Mais qu'avait-il à redouter de Tatiane et de Lafeymas ? Une partie, au moins, de sa réponse ne devait-elle pas, au contraire, flatter leurs sentiments ?

— Cette œuvre, vous la connaissez bien, dit-il. Il est deux êtres dont j'ai juré la mort, je veux tenir mon serment.

Lafeymas allait répliquer ; Tatiane l'arrêta d'un geste. — Laissez ! fit-elle, M. Lapradt a soif de vengeance ; le moment de se désaltérer est venu pour lui, pense-t-il. Soit.

« Cependant il me permettra quelques questions avant de porter ses lèvres à une coupe... séduisante, sans doute, mais perfide aussi, quelquefois.

« Vous voulez tuer Pascal Siméonis et la baronne des Ferriers, monsieur, parce que vous en êtes arrivé à ce point de souffrir si fort par eux que leur mort seule vous semble un apaisement à vos souffrances. — C'est cela, n'est-ce pas ?

— C'est cela.

— Et comment avez-vous résolu de les tuer ?

— Pour... elle, j'ai le poison que vous m'avez donné, madame. Pour lui...

— Pour lui ?

Firmin Lapradt se détourna, comme quelqu'un à qui il en coûte d'entrer dans certains détails.

— Et qu'importe comment je m'y prendrai pour atteindre mon but, pourvu que je l'atteigne ! s'écria-t-il.

— Hum ! fit Lafeymas, c'est que le chasseur de lâches est un terrible jouteur ; défiez-vous, cher monsieur !

— Il n'est pas d'adversaire si terrible dont on ne puisse avoir raison en y mettant le prix, repartit Firmin Lapradt avec un sourire amer.

— Ah ! reprit Lafeymas, c'est un guet-apens que vous projetez ? Vous comptez attirer Pascal Siméonis dans quelque embuscade ?

L'avocat se taisait.

— Enfin, dit Tatiane, M. Firmin Lapradt a raison ; de quelque façon qu'il s'y prenne... s'il réussit, peu nous importe !

« Maintenant, une autre question. En abandonnant brusquement votre poste près du comte de Chalais, monsieur, n'avez-vous pas songé aux conséquences, pour nous, de cette défection ? J'en conviens, jusqu'à ce jour, nos espérances ont été déçues. L'intimité du comte ne vous a rien révélé. Par un motif ou par un autre, M. de Chalais se tient sur la réserve avec vous. Vous savez qu'il y a conspiration contre M. de Richelieu... — et cela, nous le savions depuis longtemps, M. de Lafeymas et moi... — mais le jour et le lieu où doit éclater cette conspiration... et la façon dont elle éclatera... voilà ce que vous ne savez pas... ce que vous ne parvenez pas à savoir !

— Est-ce ma faute ? s'écria Firmin Lapradt ! Suis-je coupable parce qu'en dépit de tous mes efforts je n'ai pu tirer ses secrets du cœur du comte ? Mon opinion, à ce sujet du reste, est que, bien plus occupé de ses plaisirs que de ses intérêts, M. de Chalais n'est qu'un instrument passif dans l'intrigue qui s'ourdit contre Son Éminence. C'est madame de Chevreuse qui dirige cette intrigue ; c'est elle qui, à un moment donné, en tendra les fils. Mais quelque solides et tenus que soient ces fils, la duchesse connaît trop bien son amant pour les lui dévoiler ; donc, ne sachant rien, M. de Chalais ne peut rien me dire !... Donc, je le répète, ne pouvant rien apprendre, je ne vous suis d'aucune utilité aux côtés de M. de Chalais.

« Et ne vous étant d'aucune utilité, je ne vois pas en quoi ma défection... — comme vous appelez mon abandon du service du comte, — peut vous nuire !

« Eh ! mon Dieu, cela est triste à dire, mais il faut bien s'avouer que la haine, si appuyée qu'elle soit par l'or, n'est pas toujours un moyen sûr pour arriver à ses fins. Comme moi, madame... et vous aussi, monsieur de Lafeymas, comme moi, vous exécrez Pascal Siméonis, et pour l'envelopper dans la ruine de M. de Chalais, vous n'avez rien négligé non plus que moi. Vingt espions soldés par vous se sont faits en quelque sorte son ombre. Cependant qu'avez-vous gagné à enrichir ces espions ? Pas un indice tendant à compromettre l'objet de votre inimitié. Livré tranquillement à ses amours, Pascal Siméonis nous brave !

« Et, tenez, une preuve encore que nos ennemis sont plus habiles que nous : avez-vous enfin découvert, monsieur de Lafeymas, quelles mains redoutables ont frappé successivement depuis un mois dix de vos meilleurs compagnons, à quelques lieues d'ici, sur la route de Fontainebleau ?

Lafeymas se mordit les lèvres.

— Il est vrai, dit-il, en dépit de toutes les recherches de M. le prévôt de Paris, on n'a pu découvrir quels étaient les assassins de mes amis...

« Mais ce que le prévôt de Paris n'a pu faire, je le ferai, moi !

« Et vous me rappelez, monsieur, que j'ai rendez-vous à cet effet aujourd'hui même avec une demi-douzaine de gentilshommes. »

Lafeymas s'était levé en prononçant ces mots : Firmin Lapradt, se levant à son tour, reprit non sans quelque ironie :

— Je vous souhaite d'être plus heureux que le prévôt de Paris, monsieur de Lafeymas... pour moi...

— Pour vous, interrompit Tatiane Illitch, vous y êtes sérieusement déterminé, monsieur Lapradt, vous quittez la partie... au moment où elle est près de se déclarer pour nous ?

— Près de se déclarer pour nous ? dit l'avocat. Qui dit cela ?

— Une puissance qui ne ment jamais... et que j'ai consultée ce matin encore... et qui, ce matin encore, m'a répondu qu'avant que cette semaine se fût écoulée, nous serions vainqueurs de nos ennemis.

— Et quelle est cette puissance ?

— La voici. Voulez-vous que je l'interroge en votre présence, si vous doutez ?

La Moscovite prit dans sa bibliothèque un énorme volume, relié d'une façon particulière, tout en maroquin rouge, constellé de signes cabalistiques. Elle plaça ce volume sur une sorte de pupitre très-élevé qu'elle attira au milieu de la pièce, puis, armant sa main gauche d'une longue baguette d'un métal inconnu, elle se tint, dans une attitude solennelle, en face du pupitre.

Firmin Lapradt avait suivi avec plus de curiosité que d'intérêt tous les mouvements de Tatiane. Un sourire railleur se jouait sur ses lèvres.

— Et, fit-il, ce livre va nous dire l'avenir?...

— Il va nous dire du moins quelle conduite nous avons à suivre dans le présent pour nous rendre maître de l'avenir.

— Et quel est ce livre?

— Un des plus précieux que puisse posséder l'humanité. Oh! ne riez pas, monsieur Lapradt! Ce livre en a convaincu de plus incrédules que vous. Bernhard de Trèves, qui l'a légué à un de mes oncles, en avait fait son conseiller habituel... et Bernhard de Trèves n'était pas un fou. Ce livre est un des livres sybillins que des prophétesses vendirent à Tarquin l'Ancien. C'est le seul qui ait échappé à l'incendie du Capitole.

« Allons! que la science antique confonde donc votre jeune esprit, Firmin Lapradt!

« Oracle, réponds-moi! »

Parlant ainsi, d'une voix sonore, Tatiane avait étendu sa baguette au-dessus du fatidique bouquin. Au même instant, comme mus par des ressorts invisibles, les volets des fenêtres se fermèrent avec fracas, plongeant la pièce dans une profonde obscurité. Jusque-là rien de bien extraordinaire; l'hôtel de la Moscovite pouvait être habilement machiné et, sur un signal convenu, des serviteurs cachés pouvaient obéir à leur maîtresse. Firmin Lapradt ne sourcilla donc pas. Mais voilà qu'à travers l'ombre une étincelle se produisit. Cette étincelle partait de l'extrémité de la baguette de Tatiane et, peu à peu, s'agrandissant, s'élargissant, ce point rougeâtre devint une flamme qui illumina à la fois la magicienne et le livre sybillin...

Malgré lui maintenant l'avocat commença de se sentir impressionné.

« Oracle, réponds-moi! » répéta Tatiane.

Le livre s'ouvrit, de lui-même, tout grand. Sur une de ses feuilles de parchemin, qu'effleura la baguette, coururent des caractères de feu.

— Firmin Lapradt, reprit la Moscovite, d'un accent inspiré, la science a prononcé. Avant huit jours nous saurons tous trois ce que nous désirons savoir.

« Mais pour que nous marchions tous les trois dans notre force vers notre but, il ne faut pas que la désunion se mette dans nos rangs.

« Firmin Lapradt, je t'adjure donc de rester huit jours encore avec nous!

« Quelle est ta réponse?

— Je vous appartiendrai huit jours encore, repartit l'avocat.

***

Les volets s'étaient rouverts. Le jour, le soleil inondaient de nouveau la salle; le pupitre, le livre sybillin, la baguette avaient repris leurs places respectives, et, calme comme si rien ne se fût passé, Tatiane, congédiant du geste les deux hommes, leur disait:

— Allez donc, messieurs, et bon courage! Avant trois jours tout sera fini.

D'autant plus superstitieux que sa cruauté naturelle le rendait d'autant moins croyant en Dieu, Lafeymas descendait, côte à côte avec Firmin Lapradt, l'escalier de l'hôtel de la Moscovite...

Arrivé dans la rue:

— Convenez que cette femme est bien étrange! dit l'homme aux potences à l'avocat.

Ce dernier allait répondre: « Bien adroite, au moins! » Mais il réfléchit que toute vérité n'est pas bonne à dire, même à un complice, et il se contenta de s'incliner en manière d'assentiment.

— Enfin, reprit Lafeymas, elle nous a promis que dans huit jours tout serait terminé. Ce n'est donc plus que l'affaire d'un peu de patience.

« En attendant, je m'en vais visiter l'endroit où l'on tue mes amis. Demain je vous conterai ce que j'aurai découvert par là.

« A demain, monsieur Firmin Lapradt.

A demain, monsieur de Lafeymas, repartit l'avocat.

Et ils se séparèrent: l'un préoccupé des manœuvres ingénieuses employées par la sorcière pour le retenir sous sa domination, et se demandant comment et où elle avait acquis cette habileté extrême...

L'autre... l'autre se disant en se caressant la moustache: « Eh! Eh! On en a pendu et brûlé qui n'en savaient pas tant que cette Russe!...

« Et qui n'étaient pas si riches!

« *Nous y songerons.* »

III

Comment Lafeymas et ses bravaches l'échappèrent belle.

Les *gentilshommes* qui devaient accompagner Lafeymas dans sa visite aux lieux où, depuis un mois, on avait trouvé morts une dizaine de leurs camarades étaient tous de notre connaissance. C'étaient MM. de Mirabel, de Vertgrignon, de Grébillac, de Bertoni et deux autres encore, que nous avons vus souper, en société de Pascal Siméonis et de la Pivardière, au cabaret du *Cœur-Volant.*

Midi et demi était l'heure, l'abbaye Saint-Victor le point assignés du rendez-vous.

Naturellement chacun devait être à cheval, car le voyage projeté était de trois lieues.

Chacun, aussi, avait reçu l'ordre, indépendamment de son épée, de se munir de pistolets.

Car enfin il ne s'agissait pas seulement de chercher ceux qui avait creusé de si grandes brèches dans les rangs des raffinés; ces ennemis, si on les trouvait, il s'agissait encore d'en faire prompte et bonne justice...

Et pour faire prompte et bonne justice tous les moyens sont bons... — Le plomb comme le fer.

Lafeymas passa une rapide inspection de ses bravaches en les rejoignant sous les murs de l'abbaye, au sortir de l'hôtel de Tatiane Ilitch.

Tous étaient fort honnêtement montés, et non moins convenablement équipés.

Contre son habitude, M. de Vertgrignon, lui-même, était presque proprement vêtu ce jour-là.

— Mes compliments, mon cher, lui dit gaiement Lafeymas. Ni trous ni taches! Par quel hasard? Auriez-vous hérité de quelque riche parent?

Le cadet de Normandie prit un air modeste.

— Hélas, maître, repartit-il, mes parents possèdent si peu de chose qu'à eux tous, quand ils quitteraient du même coup, en bloc, ce bas monde, il ne m'y laisseraient pas, je crois, de quoi payer ce manteau qui protége mes épaules...

— Alors, c'est la fortune qui s'est chargée de vous offrir ce manteau? Vous avez été heureux au passe-dix ces jours-ci?

— Non, maître, ce n'est pas la fortune qui m'a habillé, c'est l'Amour.

— L'Amour! Quelque marchande que votre embonpoint a charmée?

— Une marchande! fi donc! J'abomine la bourgeoisie. C'est... — puisque vous m'obligez à l'indiscrétion... — c'est une grande dame, dans l'œil de laquelle mon embonpoint, comme vous dites, a donné...

— En vérité! Et elle se nomme, cette grande dame? Bah! Pendant que vous y êtes...

— Elle se nomme Manon Gredelu, et elle est *comporteresse* (1). Si Vertgrignon ne veut pas vous le dire je vous l'apprends, moi, maître.

— Et moi, monsieur de Bertoni, je vous réponds que vous en avez menti, et que la dame de mes pensées n'est pas plus *comporteresse* que votre mère n'était honnête femme.

— Insolent!...

— Drôle!...

— Allons, allons, messieurs, silence! Nous ne sommes pas ici pour nous disputer. En route!

C'était Lafeymas qui avait prononcé ces mots en piquant des deux; les raffinés le suivirent, mais non, quant à MM. de Bertoni et de Vertgrignon, sans avoir échangé un dernier regard de colère.

A deux heures la bande arrivait en vue du petit bois qui, à diverses reprises, avait servi de chambre ardente aux victimes des douze épées du diable.

Ce bois que le printemps commençait à verdir se dressait sur la gauche de la route, au milieu d'une immense plaine. A un quart de lieue environ on apercevait le village de Ferroles et plus en avant, comme une sentinelle avancée, l'auberge de la Forcille.

— A qui appartient cette auberge? demanda le chevalier de Mirabel à Lafeymas.

— A un certain Gonin...

— L'ancien escamoteur du Pont-Neuf?

— Oui.

— Celui qui a été emprisonné pour crime d'outrages au cardinal?

— Oui.

— Eh bien...

— Eh bien, je vous comprends, Mirabel; j'ai eu cette pensée avant vous. Vous supposez qu'un homme qui a pu offenser Son Éminence pourrait bien faire cause commune contre ses serviteurs. Mais non, Gonin s'est amendé, paraît-il, complètement amendé. Il a d'ailleurs pour garant de sa moralité nouvelle quelqu'un dont on ne saurait contester le dévouement à M. de Richelieu; un de ses pages: Juan de Sagrera, marquis de Montglas.

Mirabel secoua la tête.

— Mais Juan de Sagrera est le cousin de M. de Chalais, reprit-il; l'ami de Pascal Siméonis!

— Il est vrai, Juan de Sagrera est le cousin d'un homme qui conspire contre le cardinal; malheureusement il m'est prouvé maintenant que, pas plus que Pascal Siméonis, le jeune marquis de Montglas n'est associé aux projets subversifs de M. de Chalais. Au contraire, il m'est avis que, comme Pascal Siméonis, si Juan de Sagrera pouvait empêcher le comte de se compromettre dans quelque méchante affaire, il n'épargnerait à cet effet, ni son temps, ni son sang!... Il l'a promis sans doute à la comtesse de Chalais.

« Oh! il y a de la femme partout, voyez-vous, Mirabel. C'est sa maîtresse, c'est la duchesse de Chevreuse, qui perdra M. de Chalais!

« Si sa mère ne le sauve!

« Au reste, nous pousserons tout à l'heure jusqu'à l'auberge de Gonin... et ce que le prévôt de Paris n'y a pas vu, nous le verrons peut être, nous! »

Tout en causant, Lafeymas et Mirabel, ayant mis pied à terre, étaient entrés, suivis de Grébillac, de Vertgrignon et de Bertoni, dans le petit bois, sur la lisière duquel les deux autres raffinés demeurèrent pour garder les chevaux. Rien de particulier dans ce bois; rien qui y provoquât l'attention. Au milieu, une clairière entourée de buissons d'aubépines près de fleurir, et tapissée d'un gazon parsemé de violettes et de primevères... Des oiseaux qui chantaient... des insectes qui bourdonnaient...

Si l'on avait tué, là, si l'on avait commis des meurtres à cette place, il n'en restait pas trace.

— A l'auberge! fit Lafeymas après une promenade silencieuse de quelques instants dans la clairière.

On se remit en selle.

Moins de dix minutes plus tard, on atteignait la Forcille.

*
* *

Disons avant tout que, depuis notre visite à l'auberge de maître Gonin, un grand changement, — apparent, — s'était opéré dans cette auberge.

Comprenant que la découverte des corps de MM. de Balbedor et d'Aguillon amènerait, inévitablement, de la part de la police, des perquisitions dans le pays, Jean Farine avait ainsi modifié son plan de conduite: tout d'un coup, des nombreux domestiques de maître Gonin, — ses soi-disant cousins, — il n'en était resté qu'un seul près de lui, M. Anicet. Tous les autres s'étaient éclipsés, en même temps que le maquignon, ses fils et son ami.

Jusqu'aux chevaux qui avaient disparu avec les maîtres.

Cependant où se cachaient tous ces hommes pour pouvoir, au premier signal, accourir?...

Dans des souterrains qui s'étendaient sous la maison; des souterrains, — assez vastes pour contenir à l'aise plus de cent cavaliers, — dont Gonin ne soupçonnait pas l'existence, et dont Jean Farine avait découvert, en rôdant un matin, l'entrée, dans un pan de muraille enseveli sous des massifs d'arbustes.

Grâce à cette retraite protectrice rien de plus commode, désormais, pour nos conjurés. Des voyageurs ordinaires, des bourgeois, des paysans, des soldats se présentaient-ils à la Forcille, Gonin, sa femme et Bibiane, et Anicet au besoin; — Anicet, c'était un des Rochelois nommé Valleton, de qui la mine un peu rustique s'alliait à merveille avec le rôle qu'il avait accepté, — Gonin, sa femme, sa fille et son valet, étaient là pour servir ces pratiques sans conséquence. Mais la fatalité, — la fatalité pour eux, — amenait-elle sans suite un ou plusieurs raffinés à l'auberge... aussitôt, les Douze épées du Diable et leur chef sortaient de leurs limbes...

Et le drame que nous avons raconté se reproduisait identique, à quelques variantes près.

On n'engraissait pas toujours les victimes, — comme on avait fait avec d'Aguillon et de Balbedor, — avant de les immoler...

Mais on les immolait toujours.

*
* *

Ces renseignements expliquent comme quoi Philippe Granier, alors prévôt de Paris, n'avait, dans ses perquisitions à l'auberge de la Forcille, rien trouvé qui pût éveiller ses soupçons.

Et d'ailleurs, comment soupçonner de complicité avec des meurtriers un brave homme affectionné de monseigneur Juan de Sagrera, marquis de Montglas, un des pages favoris de Son Éminence!

(1) On appelait *comporteresses* des revendeuses qui couraient les rues avec un éventaire.

Maintenant, pénétrons avec Isaac de Lafeymas et ses compagnons chez *ce brave homme* de Gonin.

Seul, — au moment où les raffinés s'arrêtèrent devant l'auberge — seul, assis dans un coin de la grande salle, Gonin rêvait... et rêvait si profondément que le bruit du sabot des chevaux foulant son seuil, les cris des cavaliers ne parvinrent pas tout de suite à le tirer de ses méditations..

De tristes méditations, à en juger par la physionomie de notre aubergiste. Nous ne nous abusons pas, il pleurait au moment où nous le surprenons ainsi; oui, si elles ne mouillaient pas encore son visage, des larmes mouillaient ses yeux.

Mais Anicet, — ou plutôt Valleton, — entrant par une porte intérieure, s'approcha de Gonin, et d'un ton rude :

— N'entendez-vous pas? fit-il, voilà des voyageurs!

— Des voyageurs! répéta l'ancien escamoteur en tressaillant.

Et il se leva, et, tout d'un coup, par la fenêtre de la salle ayant aperçu ceux qu'on lui signalait :

— Ciel! murmura-t-il.

— Qu'est-ce! reprit Valleton. Vous les connaissez? Ce sont des gens à M. de Lafeymas?

Gonin hésitait. Mais le Rochelois l'avait saisi par le bras, et il répétait d'une voix sourde :

— Allons, voyons... parlerez-vous? Sont-ce des amis de M. de Lafeymas?

— Oui, dit Gonin.

— Il suffit, dit Valleton. Je vais avertir le maître...

— Attendez! fit l'aubergiste.

— Attendre? quoi, attendre? Pourquoi attendre?..

L'irruption soudaine des raffinés, — leur chef en tête, — dans la salle, empêcha Gonin de répondre à cette double question.

— Holà! criait Lafeymas, est-ce la mode ici, quand des voyageurs se présentent, de ne pas leur envoyer seulement un valet pour prendre soin de leurs montures?

Gonin, le chapeau bas, ainsi que Valleton, demeurait immobile, incliné.

— Lequel de vous deux est le maître de cette auberge? reprit Lafeymas en toisant insolemment de l'œil les deux hommes.

— C'est moi, monseigneur, repartit Gonin.

— Ah! fit le chef des raffinés; c'est juste... je te reconnais, maintenant, mons l'ex-escamoteur!... J'ai vu quelquefois ta sournoise figure sur le Pont-Neuf.

« Et moi... est-ce que tu ne me reconnais pas aussi?

— Pardon, monseigneur, vous êtes...

— Eh bien ?...

— Monsieur de Lafeymas...

— Tu l'as dit : je suis M. de Lafeymas, celui qui ne craint rien... qui ne recule devant rien quand il s'agit d'exécuter un ordre du premier ministre...

« Eh! eh!... Et c'est peut-être pour cela que tu ne te pressais pas de venir me saluer, mon drôle! Lorsqu'on a pas mal de méfaits sur la conscience à l'égard du maître, on ne se soucie guère de ses serviteurs.

« Allons, du vin! Et toi, grand flandrin, quand tu me contempleras avec tes yeux bêtes! Nous avons soif, n'as-tu pas entendu? Dépêche-toi donc de nous servir... ou gare à tes oreilles! »

C'était Valleton que Lafeymas interpellait de la sorte, en le poussant par les épaules; et le Rochelois, — qui avait tressauté de joie en apprenant le nom de celui que sa mauvaise étoile avait, ce jour-là, amené à la Forcille, — le Rochelois, s'éloignant lentement, répliqua avec un gros rire :

— Je descends à la cave, mon beau monsieur... j'y descends tout de suite!... Et, soyez tranquille, je remonte avec ce que nous avons de meilleur!

Gonin avait fait un mouvement pour suivre *son valet;* mais, l'arrêtant d'un geste :

— Toi, reste! reprit Lafeymas; nous avons à jaser tous les deux..

« A jaser et...

« Mais ce que nous avons à faire encore ensemble viendra en son lieu. Maintenant, réponds. »

Les raffinés s'étaient assis; Lafeymas au milieu d'eux.

Gonin, debout en face de ces sept hommes, pouvait se croire devant un tribunal.

Et, de fait, c'était bien une espèce de tribunal qui s'était improvisé là à son intention.

Mais depuis que les choses avaient pris une tournure à laquelle il ne dépendait point de lui de rien changer, Gonin, en renonçant à un projet primitivement conçu, avait en même temps recouvré le sang-froid qui lui était nécessaire en semblable circonstance.

— Et d'abord, entama brusquement Lafeymas, que sais-tu sur les assassinats qui ont été commis depuis un mois dans ce pays?

— Quels assassinats, monseigneur? répliqua Gonin.

Lafeymas fronça le sourcil.

— Qui veut trop prouver ne prouve rien, mon cher! reprit-il. Quoi, en moins de trente jours, on a égorgé dix hommes... à quelques pas de ta maison... et tu as l'air de ne pas t'en douter!

Gonin prit une mine contrite.

— Ah! excusez-moi, monsieur de Lafeymas, fit-il; il est vrai, j'ai entendu parler de plusieurs pauvres seigneurs qu'on a trouvés morts... à un petit quart de lieue d'ici... dans le bois des Olivettes...

— Ah! cela s'appelle le bois des Olivettes, ce joli endroit où l'on égorge mes amis!

— Comment! c'étaient vos amis, monsieur de Lafeymas?

— Tu l'ignorais?

— Ma foi, tout autant, en toute franchise, que j'ignorais que ces seigneurs eussent été égorgés.

« J'ai toujours cru, — et les gens du pays l'ont cru comme moi, — que c'était dans un duel qu'ils avaient péri. »

— Dans un duel! Un singulier duel, où chacun des adversaires succombe!

— Cela n'arrive-t-il pas quelquefois?

— Quelquefois... oui... mais toujours, non!

— Cependant, ç'a été l'opinion aussi de M. le prévôt de Paris, que les gentilshommes en question avaient bien pu, en se battant...

— M. le prévôt de Paris est un sot.. comme tu pourrais bien, toi, être un traître.

— Un traître! A quel propos cette accusation, monseigneur?

— C'est bon... une idée à moi. Ces gentilshommes... qui ont été égorgés... — je maintiens le mot!... De quelle façon, ceci est le secret du diable... et peut-être aussi un peu le tien, mons Gonin! — Ces gentilshommes... tu ne les connaissais pas?

— Je les ai vus pour la première fois... les uns après les autres... lorsqu'on a découvert leurs corps dans le bois des Olivettes.

— Pour la première fois? Ils n'étaient pas entrés dans ton auberge, alors, avant.. avant d'aller se battre?

— Non.

— Pas plus les uns que les autres?

— Pas plus ceux-ci que ceux-là.

— Et... qui as-tu avec toi dans cette auberge?

— J'avais... — il y a un mois, — plusieurs de mes parents... de pauvres paysans qui remplissaient à mes côtés différents offices. Mais, malgré toute ma bonne volonté, comme ils me coûtaient plus qu'ils ne me rapportaient, je les ai tous renvoyés au pays...

« Hormis un seul. Celui que vous avez vu tout à l'heure. »

— En sorte que vous n'êtes que deux dans cette maison?

— Deux hommes... et deux femmes, oui, monseigneur. Ma femme et ma fille.

— Ah! tu es marié... et père. Et où sont-elles, ta femme et ta fille?

Gonin baissa la tête.

— Ma fille est malade... bien malade, dit-il. Elle est au lit... ma femme est près d'elle.

— Bah!.. ta fille est si malade que cela?... Quel âge a-t-elle donc?

— Treize ans.

— Eh bien! il me serait agréable de la voir, ta fille, ainsi que ta femme!

Gonin releva son front pâlissant.

— Les voir... voir ma fille et ma femme! s'écria-t-il. Mais vous ne m'avez donc pas entendu, monseigneur? La petite est mal... très-mal!... Il n'y a que sa mère et moi qui l'approchons!...

— Peuh!... pour une minute! Je raffole du babillage des enfants! Allons, Mirabel; venez avec moi, chevalier, présenter vos hommages à madame et à mademoiselle Gonin...

« Histoire en même temps de faire connaissance avec l'intérieur de cette auberge. J'aime beaucoup aussi à me promener dans les auberges... surtout les auberges voisines des bois où l'on massacre des gentilshommes. »

Les derniers mots de Lafeymas ne laissaient point de doute à Gonin. Le chef des raffinés avait des soupçons, et peut-être espérait-il, en interrogeant la femme et la fille de l'hôtelier, en obtenir plus qu'il n'en avait obtenu de l'hôtelier lui-même...

Cependant, vers la fin de l'entretien, le faux Anicet avait reparu dans la salle, rapportant un panier de vin...

Et, tout en prêtant l'oreille à ce qui se disait, il avait posé sur une table des verres et des bouteilles.

— Allons saluer madame et mademoiselle Gonin! s'écria Mirabel, mais quand nous aurons goûté au vin de M. Gonin.

Le chevalier tendait un verre plein à Lafeymas. Les raffinés s'étaient rapprochés.

— *Ils* sont avertis! dit tout bas Valleton à l'aubergiste.

— Bien! répliqua celui-ci du même ton.

— Lorsque vous aurez achevé de faire visiter la maison à Lafeymas... et que vous serez redescendu ici avec lui et son compagnon... tenez-vous prêt. Au moment où je vous dirai : « Maître, je crois qu'il va pleuvoir! » vous courrez à la grande porte de la salle que vous fermerez...

« Le reste nous regarde.

— Bien.

Et maître Gonin ajouta mentalement, en étouffant un douloureux soupir :

— Pourvu que Bibiane n'entende rien, mon Dieu!

« Chère petite! Elle en mourrait, cette fois! »

***

Les événements nous fourniront bientôt l'occasion d'expliquer pourquoi, depuis un mois que nous ne l'avons vue, Bibiane languissait dans un état de souffrance qui faisait le désespoir de sa mère et de son père...

De son père surtout, qui, au fond de sa conscience, pouvait s'accuser d'être l'auteur du mal sous lequel s'étiolait de plus en plus chaque jour cette jeune fleur.

Ah! c'est l'histoire commune! On a dit que la vengeance était une arme à deux tranchants : on a dit vrai. Pour se venger, — par l'appât du lucre aussi, peut-être, — maître Gonin avait prêté les mains à un terrible complot...

Mais, en appelant la Mort à son aide, il n'avait pas songé, le malheureux, que cette impitoyable faucheuse ne se contente pas toujours de la proie qu'on lui désigne, qu'elle se plaît aussi à moissonner à son gré.

***

A présent, suivons Lafeymas et Mirabel, pénétrant, en compagnie de l'ex-escamoteur, dans la chambre de Bibiane...

L'inspection de l'auberge était terminée. Inspection superflue, d'ailleurs. Nous avons dit que toutes les précautions étaient prises à la Forcille pour que l'œil le plus scrutateur ne pût rien découvrir, rien surprendre.

Et nous devons dire encore qu'abusé, comme l'avait été le prévôt de Paris, par ces précautions, le chef des raffinés, sa visite faite, commençait à croire qu'il en serait pour ses soupçons... et ses pas.

La chambre de Bibiane était située au premier étage. Avant d'y introduire les deux gentilshommes, maître Gonin avait manifesté le désir assez naturel d'y entrer le premier pour avertir sa fille... *de l'honneur qui lui était réservé...*

— A quoi bon avertir, mon cher! s'écria Lafeymas, qu'un reste de défiance animait, ta fille est-elle une grande dame... à qui l'on a besoin de demander audience?

— Mais elle repose peut-être en cet instant, monseigneur, et...

— Bah! si elle repose, nous le verrons bien! allons!...

Et poussant brusquement la porte de la chambre, Lafeymas, au bras du chevalier de Mirabel, marcha en avant.

Bibiane était assise dans un fauteuil, près d'une fenêtre donnant sur le jardin de l'auberge.

A ses côtés se tenait sa mère, filant au rouet.

La jeune fille ne dormait pas absolument, — sa jolie tête, pâle et amaigrie, appuyée sur un oreiller, — mais elle était à demi assoupie, et le bruit des pas des trois hommes, quoique peu discret, — de la part de deux d'entre eux principalement, — n'eut pas le don de la tirer tout de suite de son immobilité.

Madame Gonin, elle, au contraire, à ce bruit, s'était empressée de quitter son ouvrage et de se lever.

— Deux gentilshommes qui ont la bonté de s'inquiéter de la santé de notre fille, ma femme, dit Gonin.

— Ah! répliqua la mère de Bibiane.

Cette dernière ouvrit lentement les yeux.

— Oui, dit Lafeymas. Nous sommes de vieilles connaissances, maître Gonin et moi, il est donc tout naturel que je m'inquiète de ce qui l'inquiète.

Et se penchant vers la malade, le chef des raffinés poursuivit en lui prenant la main :

— Bonjour, mon enfant. Vous ne me connaissez pas, vous; mais gageons que votre père vous a souvent parlé de moi...

« M. de Lafeymas? N'est-ce pas que vous avez entendu souvent prononcer mon nom? Quand ce ne serait qu'au sujet de tous ces seigneurs qu'on a tués depuis quelque temps dans votre pays... et qui étaient de mes amis. »

Bibiane avait tressailli en entendant ces paroles, et sur ses pommettes deux taches rouges s'étaient spontanément formées.

— Tiens! tiens! reprit Lafeymas, mais on dirait que le souvenir que j'évoque vous émotionne, mon enfant. Pardonnez-moi, mais, entre nous... votre père ne m'a donné que des renseignements assez imparfaits sur l'assassinat de mes amis, et, — la vérité sort de la bouche des enfants, — si, par hasard, vous en saviez plus long que lui...

« D'abord, est-il vrai que les deux derniers assassinés avaient déjeuné ici auparavant, hein? »

Lafeymas employait un moyen peu délicat, sans doute, mais qui réussit souvent. Il plaidait le faux pour apprendre le vrai. — Et sa question, aussi imprévue qu'insidieuse, produisit sur maître Gonin un frémissement nerveux.

Mais Bibiane, redevenue blanche comme une morte, secoua la tête en disant :

— Si mon père vous a imparfaitement renseigné, monseigneur, comment serais-je plus habile, moi qui, depuis un mois bientôt, ne sors pas de cette chambre?

Lafeymas se mordit les lèvres.

— Ah! fit-il, il y a si longtemps que vous êtes malade, mon enfant!

« Et quelle est votre maladie? »

Bibiane porta la main à son cœur.

— C'est là que je souffre, répliqua-t-elle.

— Au cœur? En vérité! Pauvre petite!... — Mais on vous a

parlé du moins des meurtres commis dans le bois des Olivettes?

— Non.

— Et quand M. le prévôt de Paris est venu ici, ne vous a-t-il pas interrogée?

— Non. Pourquoi m'eût-il interrogée? Et l'eût-il fait que je lui eusse répondu... comme je vous réponds à cette heure, monseigneur. Je ne sais rien... je n'ai rien vu... rien ni personne... et...

— Et pourquoi donc pleurez-vous, petite?

— Mais parce que vous la tourmentez avec toutes vos questions, monseigneur... ne le comprenez-vous pas?

C'était Gonin qui, à bout de patience, venait de s'écrier ainsi. Et Lafeymas, à cette apostrophe de l'hôtelier, tourna vers lui son mauvais regard en disant :

— Ah! je la tourmente!... C'est grand dommage sur ma foi! Eh bien, j'en suis fâché, mais cela m'agrée au dernier point de m'entretenir avec votre fille, maître Gonin! J'ignore pourquoi je m'imagine que cet entretien me sera d'une extrême utilité...

« Ne vous en déplaise, nous continuerons donc de causer, mademoiselle Bibiane et moi!...

« Je ne vous retiens pas, au surplus, mon cher... ni vous non plus, bonne femme. Si vos occupations vous appellent ailleurs, ne vous gênez ni l'un ni l'autre. Allez! allez! »

Lafeymas donnait congé à M. et à madame Gonin; et, en face de cette invitation, qui, d'après le ton dont elle était formulée, pouvait passer pour un ordre, l'ex-escamoteur et sa femme se reculèrent.

Cependant Bibiane, comme effrayée à l'idée de rester seule avec les étrangers, étendait vers son père et sa mère des mains suppliantes...

Que serait-il résulté de cette situation? Quelque chose de funeste sans doute à ceux qui l'avaient provoquée. Gonin chérissait sa fille et, certes, plutôt que de la laisser exposée à un interrogatoire qui eût été un supplice pour elle, il eût cassé les vitres, comme on dit, en hâtant... la marche des événements...

Mais il était écrit que, pour cette fois, les douze épées du diable en seraient pour leur envie de dégainer.

Comme Lafeymas s'installait plus résolûment aux côtés de Bibiane, en montrant du doigt la porte de la chambre à Gonin et à sa femme, cette porte, s'ouvrant tout d'un coup, livra passage à Juan de Sagrera.

Bibiane, son père et sa mère poussèrent une exclamation de joie en apercevant le page.

Lui, cependant, allant, hautain à Lafeymas:

— Qu'est-ce, monsieur? dit-il. Depuis quand des gentilshommes ont-ils assez peu souci de leur dignité pour ne pas respecter la jeunesse et la souffrance? On m'a dit, en bas, que vous étiez venu, avec vos amis, dans cette auberge à cette fin de vous y informer au sujet de certains meurtres commis dans le pays... soit!... Ceci est votre droit... et je ne vais pas à l'encontre! Mais qu'après avoir interrogé vainement maître

Gonin et son valet, il vous ait pris fantaisie d'interroger à son tour une enfant malade, voilà ce que je ne saurais tolérer !

« Bibiane est mon amie, monsieur de Lafeymas. Qui s'attaque à elle s'attaque à moi ! Ou vous sortirez donc à l'instant de cette chambre où vous n'auriez jamais dû entrer... ou je vous demanderai, à l'instant, raison de l'insulte que vous me faites en violant l'asile de mon amie !

— Et, évidemment, M. de Lafeymas est trop raisonnable pour ne pas accepter tout de suite votre première proposition, monsieur le marquis. Il n'y a jamais à se repentir de reconnaître une faute... tandis qu'au contraire on joue gros jeu, souvent, en persistant dans une sottise.

Pascal Siméonis, entré sur les pas de Juan de Sagrera, terminait en ces termes le discours du page...

Et plus décontenancés encore, à l'aspect subit du chasseur de lâches qu'à celui de Juan de Sagrera, plus irrités, Lafeymas et le chevalier de Mirabel restèrent muets et immobiles.

Enfin le chef des raffinés recouvra la parole. Grimaçant un sourire en saluant avec une humilité affectée son premier interlocuteur :

— Devant une garantie telle que la vôtre, monsieur le marquis, dit-il, mes soupçons... si j'avais des soupçons... s'effaceraient tout entiers !...

« Je suis bien convaincu que vous ne sauriez... vous... un de ses pages... protéger les ennemis de monseigneur le cardinal !...

Juan de Sagrera haussa les épaules.

— Et où avez-vous jamais vu ici des ennemis de monseigneur de Richelieu, monsieur ! s'écria-t-il. Dans une auberge de campagne... chez de braves gens livrés à leur petit commerce !...

Lafeymas s'inclina derechef.

— Pour trouver ce qu'on cherche, il ne faut pas toujours choisir ses chemins, monsieur le marquis, répliqua-t-il.

« Bref, je m'abusais, je le confesse... J'ai eu tort, surtout, de déranger cette chère fillette... à qui j'offre du fond du cœur toutes mes excuses...

« Et, sur ce, monsieur le marquis...

« Au revoir, monsieur Pascal Siméonis... au revoir, mon cher. Et merci, en passant, de la petite leçon que vous avez aidé à me donner aujourd'hui encore ! Décidément on a toujours à gagner à vous rencontrer... Je ne l'oublierai pas. »

*
* *

A gagner ! Lafeymas ne croyait pas dire si vrai ! Il avait gagné la vie, ni plus ni moins, pour lui et pour les siens, à l'arrivée subite à l'auberge de Juan de Sagrera et de Pascal Siméonis !...

En présence du jeune marquis et du chasseur de lâches, impossible à Jean Farine et à ses Rochelois de livrer bataille aux raffinés...

Ils étaient là, dans leur retraite, attendant impatiemment le signal convenu pour monter à la grande salle...

Mais le signal ne vint pas. Il ne devait pas venir.

Lafeymas et les siens galopaient déjà sur la route, quand Gonin et Valleton rejoignirent les conjurés.

— Eh bien ? s'écrièrent-ils.

— Eh bien! partie remise! dit Valleton en soupirant.

Et il conta ce que nous avons conté.

Jean Farine serra les poings :

— C'est dommage! s'exclama-t-il. Nous ne retrouverons peut-être pas une occasion semblable!... Oh! avoir tenu Lafeymas... ce tigre à face humaine... et avoir été forcé de le lâcher!... Je ne m'en consolerai jamais!...

Jean Farine, non plus, ne croyait pas dire si vrai!

***

Depuis que Bibiane était malade, c'était la troisième fois que Juan de Sagrera venait à la Forcille.

Ce jour-là il s'était fait accompagner par Pascal, depuis longtemps désireux d'ailleurs de voir la *bien-aimée* de son ami.

Une heure environ après le départ des raffinés, à leur tour Juan et Pascal reprenaient le chemin de Paris...

Le premier, tout triste, car — était-ce la suite de l'effroi qu'avait causé à Bibiane la visite de M. de Lafeymas? — mais il avait semblé à Juan que la fillette était plus souffrante, plus abattue que d'ordinaire...

Le second, pensif...

Si pensif, qu'en dépit de ses propres préoccupations, le premier finit par s'apercevoir de la rêverie du second et par lui en demander le motif.

Mais Pascal secoua la tête.

— Je vous dirai cela une autre fois, si vous le permettez, monsieur le marquis, répondit-il.

— Pourquoi pas maintenant?...

— Parce que... Au fait, vous avez raison! Pourquoi pas maintenant?

« Eh bien... — ne vous fâchez pas... — mais je n'aime pas la tête de votre Gonin... ni celle de son valet.

— Quelle idée!...

— Une idée saugrenue, j'y consens!... Mais que voulez-vous! J'ai connu Gonin, jadis, alors qu'il faisait ses parades sur le Pont-Neuf, et à cette époque déjà, je le considérais comme un sacripant de la pire espèce...

« Eh bien, comme tel encore, aujourd'hui, — nonobstant son changement de profession, — je le considère.

« Point de feu sans fumée, dit le proverbe. J'ai peur qu'il ne soit pour quelque chose dans l'extermination singulière qui se produit depuis quelque temps, des bravaches de M. de Lafeymas.

« J'ai peur que vous n'ayez à déplorer bientôt les bienfaits dont vous l'avez comblé. »

Juan avait involontairement pâli. Les bons cœurs s'affectent d'une erreur qu'on leur prête, plus que les méchants d'une mauvaise action.

— Mais dans quel but Gonin aurait-il joué un rôle quelconque dans cette extermination? s'écria-t-il.

— Le sais-je!... Enfin... — Pascal appuya sur les mots — si l'état de langueur de Bibiane... cette langueur qui vous paraît inexplicable... prenait sa source dans l'horreur des crimes de son père?...

— Oh! vous êtes fou, Pascal, vous êtes fou!... Gonin, un assassin!... Non! non... cela n'est pas... cela ne peut pas être!...

— Pourtant...

— Plus un mot, je vous en prie!... Je ne me fâche pas... je vous remercie, au contraire, de votre sincérité... Mais... ma pauvre Bibiane!... Son père qui serait l'auteur de sa souffrance!... Horrible!... horrible!... Merci, encore une fois, Pascal; je... je profiterai de vos avis... oui, j'en profiterai... en sondant... en questionnant Gonin... sa femme... leur valet...

« Mais, pour aujourd'hui, assez!... assez!...

— A vos ordres, monsieur le marquis.

***

Il y a des jours néfastes; des jours où la lumière, près de faire resplendir la vérité, se trouve, comme par une puissance fatale, refoulée, repoussée dans les nuages...

En ce moment, — comme un mois plus tôt lorsque, en entendant parler d'un maquignon, à la Forcille, Juan avait senti s'éveiller sa défiance, — en ce moment, Pascal Siméonis était sur la piste du complot...

Un mot, un signe seulement d'adhésion, de la part du jeune marquis, et, en suivant cette piste, les deux hommes eussent peut-être éventé la mine...

Mais ce mot ne fut pas prononcé; ce signe n'eut pas lieu...

Et, mécontents chacun de soi-même, Juan et Pascal se quittèrent mécontents aussi l'un de l'autre...

IV

Où Firmin Lapradt, qui a fait les affaires des autres, s'occupe de régulariser les siennes.

La duchesse de Chevreuse avait prévu juste : le lendemain du jour, — un lundi, ce jour-là, — où le roi avait manifesté son intention de quitter prochainement la capitale, le cardinal de Richelieu annonçait qu'en même temps que le roi se rendrait à Fontainebleau il se rendrait, lui, à sa terre de Fleury d'Argouges.

Le surlendemain, toute la cour savait que le jour du départ fixé par Sa Majesté, — et par Son Éminence, — était le samedi suivant.

Le jeudi, en arrivant à dix heures du matin à l'hôtel de Chalais, Firmin Lapradt trouva le comte déjà levé, contre son habitude.

C'est que, la veille, la duchesse avait dit à son amant :

« Toutes les batteries sont dressées... toutes les mèches allumées; il n'y a plus qu'à faire feu. »

Et que plus le moment approchait de « *faire feu,* » plus de Chalais se sentait, non pas craintif... — la crainte et lui ne passèrent jamais par la même porte; — mais inquiet...

Or, — qui ne l'a éprouvé par expérience? — l'inquiétude étant un des réveil-matin les plus puissants qui existent, *vide* la dérogation du comte à sa coutume de rester jusqu'aux environs de midi dans son lit.

Bien que très-agité, lui-même, — et pour cause, — Firmin Lapradt, introduit près d'Henri de Chalais, fut frappé du désordre de la physionomie du comte.

— Avez-vous donc mal dormi, monseigneur? lui demanda-t-il.

— Oui... Assez mal.

Et regardant son secrétaire dont le visage était tacheté de marbrures livides :

— Mais vous-même, mon cher Lapradt, reprit de Chalais, comme vous voilà bouleversé ce matin! Êtes-vous indisposé?

— Un peu, monseigneur.

— Vous avez eu tort de venir, en ce cas. D'autant plus tort que je ne travaillerai guère, je crois, aujourd'hui...

« Ni demain... ni après-demain.

« Oh! après-demain, surtout!... A propos, Lapradt : vous savez que la cour va s'établir pour un mois à Fontainebleau à la fin de cette semaine?

— Je l'ai entendu dire, monseigneur.

— Et le cardinal, de son côté, se rend à sa campagne... tout proche de la résidence royale...

« Ah! Paris va être bien monotone pendant quelque temps. Le roi et le premier ministre qui l'abandonnent à la fois!... Eh! eh!... Un voyage qui aura... pour l'un des deux... des conséquences plus graves qu'il ne pense...

— Des conséquences plus graves!... Et pour lequel des deux, s'il vous plaît, monsieur le comte?

— Au fait, vous qui n'aimez pas Richelieu, Lapradt... on peut vous apprendre... sans redouter d'indiscrétion...

— Tout, monseigneur... tout ce qui est susceptible d'ameer une larme dans les yeux du cardinal... car, n'en doutez as! plutôt que de rien faire pour sécher cette larme, je serais heureux de contribuer à la rendre si brûlante... que sa ace ne s'effaçât jamais.

Firmin Lapradt s'exprimait avec animation. « L'heure des confidences a-t-elle sonné? se disait-il, et par son couronnement voulu... la trahison... vais-je enfin être libéré de cette tâche d'espion qui me pèse!... »

Un louable désir, n'est-ce pas, que celui de l'avocat, et qui méritait bien d'être exaucé?

Cependant, de Chalais se taisait. — C'est que, sur le point de lui livrer, contre son serment, le secret du complot, le comte, examinant cet homme au blême visage, où se reflétaient tous les odieux sentiments, le comte se rappelait vaguement les paroles de sa mère à propos de cet homme : « Il est méchant, traître, et faux! »

— Je vous conterai cela un autre jour, mon cher Lapradt, reprit-il.

Et il ajouta, en affectant l'enjouement :

— Je plaisantais, du reste! L'envie que nous avons tous d'être délivrés du cardinal, vous concevez? Nous prenons nos désirs pour des projets.

« Mais bah! Le cardinal est solide... et bien fin qui le renversera!

« Adieu. Puisque je n'aurai pas besoin de vous de quelques jours, profitez-en donc pour vous soigner. Vrai! Vous avez très-piteuse mine, mon ami. Adieu.

Dévoré d'une rage sourde, Firmin Lapradt saluait en remerciant le comte de sa sollicitude, lorsqu'un domestique annonça le marquis de Puylaurens.

— Puylaurens! s'écria de Chalais, qu'il entre!

Et tandis que le marquis pénétrait par une porte, l'avocat sortait par une autre, escorté du valet...

Il fit ainsi quelques pas à travers les appartements...

Soudain, s'arrêtant :

— Que je suis étourdi! s'exclama-t-il. J'ai à consulter quelques papiers dans le cabinet de monsieur le comte, et j'allais partir sans le faire!

« C'est bien, mon ami; j'en ai pour deux à trois minutes, vous pouvez retourner près de vos confrères.

Ce que prétendait Firmin Lapradt était vraisemblable. Et, comme toute, le secrétaire de monseigneur était bien libre d'agir à sa guise à l'hôtel!...

Le laquais s'éloigna.

Retournant rapidement sur ses pas, Firmin Lapradt gagna le cabinet du comte...

Ce cabinet attenait à sa chambre à coucher...

Et dans sa chambre à coucher, en cet instant, Henri de Chalais s'entretenait avec le marquis de Puylaurens.

L'oreille collée à la serrure, pendant près d'un quart d'heure, Firmin Lapradt ne perdit pas un mot de cet entretien. Et, sans doute, il eut à se louer de l'ingénieux procédé qu'il avait imaginé pour apprendre ce qu'on s'était refusé à lui dire, car lorsqu'il quitta son poste, sa figure décelait une joie indicible.

Une chaise à porteurs l'attendait à la porte de l'hôtel de Chalais; il s'assit dans le véhicule et s'adressant à ses gens :

— Deux pistoles à chacun de vous, si je suis dans une demi-heure rue Saint-Landry, dit-il.

Deux pistoles! L'or qui détruit trop souvent le cœur de l'homme, lui donne, par contre, quelquefois, des bras et des jambes.

En moins de vingt-cinq minutes Firmin Lapradt fut transporté de la ville dans la cité, chez Tatiane Illitch.

Quelques secondes encore et il était introduit près de la Moscovite.

D'un seul coup d'œil jeté sur l'avocat cette dernière pressentit quelque grande nouvelle.

Elle ne s'abusait point.

— Samedi le roi part pour Fontainebleau avec la cour, n'est-ce pas, madame? entama, sans autre périphrase, Firmin Lapradt.

— Oui.

— Et le même jour le cardinal se rend à sa terre de Fleury d'Argouges?

— Oui.

— Eh bien, le lendemain dimanche, à six heures du matin, tandis que la reine, Monsieur et la duchesse de Chevreuse réveilleront le roi au château, et lui feront bon gré mal gré signer l'acte d'exil du premier ministre, MM. de Chalais, de Puylaurens, de Luxeuil, de Rochefort, de Moret et le grand prieur de Vendôme, s'introduiront à Fleury, près du cardinal, le saisiront, le bâillonneront et l'enlèveront...

— Bien! Bien!... Attendez que j'écrive tous ces noms que vous venez de dire!...

« Tous!... C'est inutile. Il en est un... il en est deux que nous savions d'avance!...

« Ah! Ils veulent enlever le cardinal! Ah! ah!...

Tout en parlant, radieuse à son tour, Tatiane traçait au crayon sur des tablettes les noms précités.

— Mais, reprit-elle, — lisant ces noms au fur et à mesure qu'elle les prononçait, — MM. de Chalais, de Vendôme, de Luxeuil, de Puylaurens, de Moret et de Rochefort ne comptent pas, que je suppose, si déterminés qu'ils soient, enlever à eux six Son Eminence? Son Eminence est gardée à Fleury. Les conjurés ne seront donc pas seuls?

— Non, sans doute. Ils ont des hommes à eux qui se chargent de la grosse besogne, comme par exemple de tuer les gardes et les serviteurs de M. de Richelieu.

— Et quels sont ces hommes?

— Je l'ignore et tous les conjurés l'ignorent.

« Madame de Chevreuse, qui a fourni ces instruments, s'est réservé le secret de leur individualité.

— Ah!... — Mais on sait, du moins, d'où ils surgiront?

— Non.

— Et leur nombre?

— Ils sont treize.

— Treize!... — Tatiane Illitch sourit. — Nos adversaires ne sont pas superstitieux, ce semble! Nous leur apprendrons à ne pas mépriser, à l'avenir, les chiffres fatidiques.

« Et comment avez-vous découvert tout ceci, monsieur Lapradt?

L'avocat eut un geste d'impatience.

— Qu'importe le moyen pourvu que le résultat désiré soit obtenu! fit-il.

— Pardon, reprit la Russe; il est vrai, la découverte de la conspiration contre le cardinal... et la punition des coupables sont pour vous choses de médiocre valeur! D'autres intérêts vous préoccupent.

— Oui; et maintenant que j'ai tenu ma promesse... en servant votre haine, madame... il m'est permis, je pense, de songer à assouvir la mienne?

— Assurément. Dès cet instant vous avez toute liberté d'action, monsieur Lapradt.

— J'en profiterai. Bonne chance donc à vos projets, madame...

— Et bonne chance aux vôtres, monsieur.

— Et adieu...

— Adieu...

Firmin Lapradt s'éloignait; mais, se ravisant :

— J'y songe, dit-il, revenant vers Tatiane. J'aurai besoin d'argent, ces jours-ci... de plus d'argent que je n'en possède...

« Voulez-vous... pouvez-vous m'en donner, madame?

— Autant qu'il vous plaira, monsieur, repartit sans hésiter la Moscovite. — Et elle ajouta, souriante, en plaçant devant l'avocat un coffret rempli d'or : — Et des conseils en sus... s'ils peuvent vous être agréables.

Firmin Lapradt alignait des piles d'écus sur une table.

— Six mille livres... est-ce trop? fit-il.

— J'ai dit : « Autant qu'il vous plaira. » répliqua Tatiane devenue dédaigneuse :

— Bon! Je vous sais gré de votre générosité, madame. Quant aux conseils que vous m'offrez...

— Ils seraient superflus?

— Absolument.

— Soit! Emportez donc l'argent et laissez les conseils. Un

dernier mot, pourtant. J'estime que... dans vos projets... la mort de Pascal Siméonis tient quelque place?...

— Ah! En effet!... Vous n'aimez pas non plus le chasseur de lâches, madame... vous et M. de Lafeymas... et ce qui doit arriver de... fâcheux... pour lui... à cet homme... ne saurait l'être pour vous non plus que pour moi...

« Eh bien, réjouissez-vous donc d'avance, tous deux, M. de Lafeymas et vous ; car, lorsque vous aviserez à tourner contre le comte de Chalais et ses complices leur propre piége, j'en aurai déjà fini, moi, avec Pascal Siméonis.

« Cet argent que je vous emprunte est le prix de sa mort...

« Et, que diable, avec six mille livres... — quelque vaillant et fort qu'il soit! — on peut avoir raison d'un homme!... Qu'en pensez-vous?

— A cinq cents livres par tête... Douze contre un... — contre deux, car il a son valet... et un rude luron aussi, m'a-t-on dit, ce valet!... — Oui... il y a espoir de réussir!...

« C'est égal! vingt précautions valent mieux que douze. Au lieu de six mille livres, prenez-en dix, monsieur Lapradt, pendant que vous y êtes...

« Eh! eh! vous voyez qu'en résumé, il n'y a jamais à se repentir de s'être confié à ses amis. »

L'avocat, sans plus de façons, ajouta quatre piles d'or aux six autres...

Le tout mis dans un sac, — que lui fournit encore la Russe, — disparut dans une poche de son pourpoint.

Ensuite, saluant de nouveau, en articulant un nouveau : « merci! » il se disposa, pour de bon cette fois, à se retirer.

Mais en lui disant, tout à l'heure : « Un dernier mot! » Tatiane s'était trompée. C'est : « Deux derniers mots! » qu'elle eût dû dire...

Comme Firmin Lapradt posait le pied sur le seuil du salon :

— Et *elle?* cria la Moscovite. *Elle*... est-ce qu'elle doit toujours mourir aussi?

L'avocat frissonna. Un éclair jaillit de sa prunelle.

— Ah! fit-il d'une voix strangulée, cela vous amuse de connaître, tout entier, le dénouement de mes tristes amours, madame!

« Eh bien! soyez satisfaite. Elle mourra aussi, car *elle a* signé hier son arrêt de mort sur les lèvres de son amant. *Elle* mourra aussi! Et *elle* mourra en même temps que lui... à la même heure!... Ah! ah!... elle l'appellera à son aide... et il l'entendra peut-être l'appeler... et il ne pourra accourir!...

« Mieux encore... avant qu'elle ne tombe elle-même, je veux qu'elle sache, qu'elle voie qu'il est déjà tombé, lui!

« Ah! rapportez-vous-en à moi! Ils ont savouré leur bonheur... je savourerai ma vengeance!...

« Une vengeance dont tout Paris parlera!...

« Je vais l'écrire en lettres de sang sur ses pavés! »

***

Au sortir de chez Tatiane Illitch, Firmin Lapradt ordonna à ses porteurs de le conduire quai de la Mégisserie...

C'était dans une maison de ce quai qu'il habitait lorsqu'il était étudiant, et, tout en acceptant un appartement dans l'hôtel de son oncle, Firmin Lapradt avait voulu conserver, à sa disposition, son ancien logis...

Il est sage au loup de n'avoir point qu'un repaire.

Un autre soin, d'ailleurs, que celui de mettre en lieu sûr l'or que venait de lui donner Tatiane appelait Firmin Lapradt quai de la Mégisserie.

Sous le même toit qui l'avait abrité sept à huit années demeurait un étudiant, nommé Bascary, à qui il désirait parler.

Un type que ce Bascary.

Né à Perpignan, où sa famille jouissait d'une grande considération, Bascary était venu à l'âge de dix-sept ans à Paris dans l'intention d'y faire son droit... Mais s'il était intelligent, notre Roussillonnais, par contre, était paresseux au possible. Mauvaise tête avec cela; flairant volontiers les disputes, et quand il n'en sentait point dans l'air se plaisant à en susciter. Gourmand, en outre, et gros buveur; aimant à la passio le plaisir... et par-dessus tout le jeu... Ainsi pétri de toute sortes de défauts, pour ne pas dire de vices, contre une seul qualité, on conçoit que Bascary fit peu de progrès dans se études. Les tavernes et les cabarets avaient plus souvent s visite que l'École, alors située rue Saint-Jean-de-Beauvais, e les diverses autres Facultés. Tant il y a qu'au bout de dix an de séjour dans la capitale, le Roussillonnais, n'ayant pas en core conquis un seul grade, mais, en revanche, ayant sans ré mission lassé la patience de ses parents, en était réduit pou vivre aux expédients les plus misérables et les plus hon teux.

L'un de ces expédients, — en en citant un nous serons dis pensé d'énumérer les autres; — l'un des expédients de Bas cary pour se procurer de l'argent, consistait à mettre so épée au service de qui pouvait la payer. Une idée ressuscité de la vieille Italie; empruntée aux *bravi*, des spadassins loyer, qui ne reculaient pas, esclaves de leur parole, devan les entreprises les plus périlleuses pour contenter celui qu les payait. « Vers la fin du quinzième siècle, » — dit Pier Angelo Fiorentino, — « les *bravi*, armés jusqu'aux dents, un arquebuse en main, un coutelas en poche, coiffés d'une ré sille espagnole, masqués par une barbe épaisse et d'énorme moustaches à crochets, n'avaient, quand il leur fallait redou bler de précautions, qu'à rabattre une longue tresse de che veux qu'ils portaient d'habitude sur le devant de la figure. »

Bascary ne se donnait pas tant de peines, lui! Il est vr qu'ignorant comme il était il ne soupçonnait même poi qu'il y eût des maîtres, dans la jolie profession qu'il avait em brassée, sur lesquels il pût se modeler. Pour une pistole comptant, il allait provoquer, à visage ouvert, celui qui l était désigné, et comme il était non moins habile que brave généralement il sortait vainqueur du combat...

Blessé, il réclamait une seconde pistole.

Des prix modérés, on en conviendra.

Mais c'est que notre Roussillonnais avait beaucoup de con currents à Paris; dans une autre classe que la sienne, il es vrai : une classe ignoble et basse : celle des voleurs.

Mais les gens économes ne regardent pas à se salir un pe plus pour dépenser un peu moins.

***

Firmin Lapradt avait déposé une partie de ses écus dan une cachette, à toute épreuve, ménagée dans un coin de s chambre d'étudiant...

Cela fait, il gravit deux étages et frappa à la porte de Bas cary. Il était sûr de le trouver chez lui. — Comme la plupa des animaux voraces, le *bravo* parisien ne sortait guère q la nuit.

— Entrez! fit une voix. La clef est sur la porte.

L'avocat entra.

Couché sur un grabat, Bascary jouait avec un chat, un gro chat rouge. — A l'exemple de Richelieu, Bascary affection nait les chats.

— Tiens! s'écria-t-il, le petit Firmin! Par quel hasard!

Et souriant gracieusement, le bretteur poursuivit en pas sant la main sur le dos de sa bête :

— Tu me surprends en train d'essayer de persuader à Flam mèche que : « qui dort dîne. » Mais ça ne mord pas! Le drô s'obstine à me miauler que ventre affamé n'a point d'oreilles

— Eh bien! pour le faire patienter, montre-lui ceci! d en riant Firmin Lapradt.

Et il jeta un écu (1) sur le lit.

— Hein! s'exclama Bascary, de l'or! De l'or qui pleut ch moi!... Regarde, Flammèche... ceci représente la bombance Ne pleure donc plus, mon gros!... Tu auras pour ton dîn une côtelette ou un bout de boudin, à ton choix!... Ah!. on ne peut pas être plus aimable, j'espère! Je te laisse choix!

(1) L'écu d'or valait, en 1626, quatre livres six sous.

Firmin Lapradt, cependant, s'asseyait sur un escabeau boiteux.

— Allons, assez! reprit-il. Tu causeras un autre jour avec ton chat, Bascary! Pour le moment, fais-moi l'amitié de t'habiller. . j'ai besoin de toi.

— Tout de suite, cher ami.

En deux temps, deux mouvements, le spadassin fut sur pied. Tout en passant ses chausses :

— Une affaire sérieuse? demanda-t-il.

— Tout ce qu'il y a de plus sérieux. Un homme que je hais...

— Bon! compris... Nous lui apprendrons à déplaire à nos amis, à ce monsieur! — Le connais-je?

— Non. Et je dois te prévenir, même, que sa connaissance peut te coûter cher.

— Bah!... C'est un malin?...

— Si malin que, comme il serait plus qu'imprudent de ta part de l'attaquer seul, il faut, pour en venir à bout, que tu t'arranges en sorte de te procurer une quinzaine de compagnons... solides.

Bascary, qui s'occupait, en face d'un miroir ébréché, de mettre de l'ordre dans sa chevelure, Bascary se tourna vers l'avocat, et ricanant :

— Une quinzaine de compagnons! fit-il. Pourquoi pas une armée! C'est donc Hercule en personne que tu vas m'envoyer combattre?

— Si ce n'est Hercule, c'est au moins un de ses descendants. Je l'ai vu à l'œuvre avec son valet... et je puis te répondre que tous ceux qui se risquaient à portée de leurs bras, tous deux, ne pesaient guère!

— Ah! il y a un valet avec l'individu! Hum!... Ce n'est point parce qu'elle est dangereuse que l'affaire m'interloque... au contraire! Ça m'amuse le danger! Mais...

— Mais?...

— Cela sort un peu de mes attributions, sais-tu, ce que tu me proposes là, Firmin. Que diable!... Seize contre deux, ce n'est plus un duel... c'est un... — tranchons le mot, — c'est un assassinat!

« Et... je n'ai pas de goût pour l'assassinat, vrai!

« Tu t'es trompé de porte, mon cher. Ce n'est pas chez moi qu'il fallait frapper, c'est à la taverne du *Chat-qui-Dort*, sur le pont Marchand.

« Reprends ton écu et va au *Chat-qui-Dort*. Tu trouveras dans ce bouge autant que tu en désireras de bandits disposés, moyennant finance, à te contenter. Moi, je refuse.

— Tu refuses, même si je te paie... cent fois ce qu'on a l'habitude de te payer?

« Tiens, voici la part que je t'ai réservée en cette circonstance. Mille livres... — et je te les verse d'avance; je sais qu'on peut avoir confiance en toi. — Et puis? Que décides-tu?

Firmin Lapradt avait retiré de ses poches des poignées de pièces d'or qu'il étalait, en les faisant sonner, sur le grabat. Et comme s'il eût deviné la quantité fabuleuse de côtelettes et de bouts de boudin contenue dans cet amas de métal, Flammèche, le chat rouge, se frottait le museau dessus en roidissant follement sa queue et en tendant l'échine.

De son côté, Bascary eut comme un éblouissement à l'aspect de ce trésor.

— C'est pour moi tout cela! s'exclama-t-il.

— C'est pour toi.

« Et à chacun des hommes que tu recruteras... et tu peux aller jusqu'à vingt : je te répète que l'ennemi est redoutable; — je donne trois cents livres... Un quart comptant.

— Trois cents livres à chacun!... Malepeste!... Tu paies en roi, petit!

— C'est que je veux être servi royalement. — Eh bien? refuses-tu toujours?

Bascary hésitait encore, un dernier sentiment d'honneur qui luttait en lui contre l'appât du lucre... contre la perspective des jouissances de toute espèce que lui promettait la possession de ces richesses éparses sur son lit.

Une telle lutte chez un tel homme pouvait-elle se terminer à sa gloire! Là où le meilleur eût succombé, peut-être, un méchant pouvait-il résister?

— Eh bien, non, s'écria-t-il, en bondissant vers les écus dans les flots desquels il plongea ses mains osseuses. Non! je ne refuse plus. J'accepte! Tant pis!

— Il suffit. Assieds-toi donc, dit froidement Firmin Lapradt, et écoute mes ordres.

V

Où le comte de Chalais commet, inutilement, pis qu'une sottise.

C'était la veille du départ du roi pour Fontainebleau, du cardinal pour Fleury d'Argouges.

Le matin de ce jour, ne pouvant, — retenu par son service, — se rendre à la Forcille, pour y instruire, suivant sa promesse, maître Gonin, du passage prochain du cardinal à Ferrolles, Juan de Sagrera avait envoyé, à cet effet, un exprès à l'ex-escamoteur.

Voici la lettre du page :

« Mon bon Gonin,

« Son Eminence va s'installer, demain, samedi, à Fleury. Vous êtes averti; à vous par conséquent de tout préparer pour qu'en se reposant une minute sur votre maison, les yeux du cardinal y trouvent un air de fête qui les charme. J'aurais bien désiré être du voyage, quand ce n'eût été que pour vous dire bonjour en passant et embrasser ma chère Bibiane; mais quelques travaux pressés m'obligent à rester jusqu'à dimanche soir à Paris, lundi matin seulement il me sera permis de rejoindre Son Eminence à sa terre, et comme bien vous pensez, je profiterai de l'occasion pour faire une halte chez vous et m'informer de l'effet produit par vos magnificences. A bientôt donc. J'espère que notre Bibiane n'est pas plus mal. Dites-lui bien, pour la guérir plus vite, que je l'aime toujours.

« JUAN, MARQUIS DE MONTGLAS. »

Bizarreries du cœur humain! En traçant ces lignes, Juan se réjouissait à l'idée d'être agréable à maître Gonin...

Et près de cacheter son billet, il fut pris comme d'un vague regret de l'avoir écrit. Près de le remettre à un courrier, il hésita...

C'est qu'il se rappelait sa conversation avec Pascal Siméonis, deux jours auparavant, en sortant de l'auberge de la Forcille, et qu'involontairement le souvenir des soupçons de son ami le troublait...

Mais ces soupçons étaient injustes... oui, injustes!... Gonin n'était pas, ne pouvait pas être le complice de lâches assassinats!...

La lettre partit...

Et pour s'éviter, sinon de mentir, au moins de dissimuler au sujet de cet envoi, Juan, qui avait promis à Pascal d'aller dîner avec lui ce jour-là, n'y alla point...

Ainsi la conscience la plus pure s'ingère, comme l'esprit le plus pervers, des moyens pour détourner le blâme qu'elle redoute.

Et, de son côté, Pascal ne se chagrina que médiocrement de l'absence du jeune homme. Tout entier, depuis quelque temps, à son amour, n'entendant point d'ailleurs parler de rien d'inquiétant pour le comte de Chalais, pourquoi eût-il considéré autrement que comme l'effet d'un oubli, sans importance, le manque de parole du page?

Ainsi la vigilance, le dévouement s'endorment quelquefois sur le seuil du péril.

***

Cependant plus l'heure de l'exécution du complot approchait, et plus Henri de Chalais devenait perplexe.

Tant qu'il se trouvait en compagnie de la duchesse de Chevreuse ou de quelqu'un des conjurés, tout allait bien : il ne doutait point. Mais seul avec lui-même, scrutant, calculant les chances de l'entreprise :

« Si nous allions échouer! » se disait-il.

Et nous le répétons, parce que nous désirons qu'on en soit bien persuadé : ce n'était point pour lui que de Chalais s'alarmait, c'était pour ses amis, — pour sa maîtresse, surtout!

Lui, il se croyait bien trop haut vraiment, pour ne pas dédaigner la colère du cardinal-ministre!

Vers deux heures de l'après-midi, le vendredi, le comte se rendait au Louvre près de Monsieur, lorsqu'il rencontra le commandeur de Valencé.

Le commandeur de Valencé était un homme d'un certain âge déjà. Aimable, spirituel, mieux que spirituel : doué d'un grand sens, d'une probité morale, qui lui valaient, de la part même des plus légers, des plus fous, à la cour, estime et considération; en quelque lieu, à quelque heure qu'on rencontrât de Valencé on tenait à plaisir, à honneur, de lui serrer la main.

Ce fut aussi en cette occasion ce que de Chalais s'empressa de faire.

— Bonjour, bonjour, cher comte, dit le commandeur.

Et, retenant dans sa main celle du jeune homme :

— Mais qu'avez-vous donc? poursuivit-il, comme vous voilà brûlant!... Je ne suis pas médecin, mais je gagerais que vous avez la fièvre!...

« Quelque chagrin d'amour qui vous tourmente? Une querelle, une brouille avec la dame de vos pensées!... Allons, contez-moi cela. Je suis de bon conseil, vous savez, et, bien que mes cheveux commencent à grisonner, très-capable encore, — pour obliger mes amis, — de rapprocher ce qui est disjoint... de reconstruire ce qui est brisé...

M. de Valencé s'exprimait en souriant, attribuant, en effet, à quelque cause légère l'état fébrile d'Henri de Chalais.

Mais dès les premiers mots du commandeur, de Chalais avait tressailli. C'est le fait des gens faibles, indécis, de croire à une assistance providentielle dans les événements un peu importants de leur vie. La rencontre inopinée de M. de Valencé frappa donc le comte. Ces paroles : « Je suis d'un bon conseil et très-capable encore de rapprocher ce qui est disjoint, de reconstituer ce qui est brisé, » le remuèrent surtout au dernier point...

— Eh bien, soit, s'écria-t-il en passant son bras sous celui du vieux gentilhomme et en l'entraînant à l'écart; je vais tout vous dire, Valencé, tout!...

« Aussi bien, je ne l'ignore point, en admettant que vous me désapprouviez... que vous nous désapprouviez, mes amis et moi... vous n'abuserez point d'un secret... qui n'est pas seulement le mien... et que je vais vous confier... comme je l'eusse confié à mon père... pour vous demander ensuite : « Est-ce bien, est-ce mal? »

Le commandeur écoutait, tout surpris, Henri de Chalais.

— Diable! fit-il, c'est donc plus grave que je ne l'avais supposé!

— Si grave que j'en ai perdu le sommeil depuis trois nuits! Oh! vous ne vous abusiez point tout à l'heure, mon ami! La fièvre me dévore!... C'est si affreux de marcher... les yeux bandés... dans un chemin dont les issues sont incertaines... dangereuses, peut-être! Et s'il ne s'agissait que de moi! Mais tout ce que j'aime est avec moi sur ce chemin, entendez-vous, Valencé? Tout!...

— Là, là, remettez-vous, cher comte! S'il est temps encore de vous retirer... vous et vos amis... du péril dans lequel vous vous êtes jetés par imprudence, sans doute... je vous suis tout acquis, soyez-en convaincu!

« Mais, qu'est-ce, voyons? Parlez!... Chaque minute qui coule est une minute perdue, en certaines occasions. [illegible] lez!... »

***

Henri de Chalais parla; avec difficultés d'abord, en us de réticences; — somme toute, c'était une félonie qu'il co mettait, en ce moment; de quelque couvert qu'il s'abri inquiétudes, alarmes, il mentait à son serment. — Mais u fois lancé sur une pente on ne s'arrête plus. Dans une se phrase, d'ailleurs : « Nous conspirons contre M. de Richelie — il en avait trop dit pour ne pas tout dire ensuite...

Or, par politique plutôt que par sympathie réelle, le co mandeur de Valencé était un des chauds partisans du car nal. « Effrayé à la pensée du coup d'état rêvé par les con rés, il démontra vivement au comte qu'il était infâme qu' grand officier de la couronne entrât dans un complot con le principal ministre du roi!... Dans les dispositions où il trouvait, Chalais fut frappé des chaleureuses représentatic de M. de Valencé. Ce dernier, voyant la sensation profon qu'il produisait, ajouta d'un ton encore plus assuré que la ten tive qu'il appelait criminelle échouerait infailliblement, éclai par l'active surveillance du cardinal, à laquelle il était inser de se jouer; qu'alors le glaive des lois, ce glaive qui frap en même temps et la vie de l'homme et l'honneur des famill brillerait suspendu sur la tête des coupables. « — Aviez-vo comte Henri, s'écria Valencé en terminant, aviez-vous co pris l'échafaud dans vos c[illegible] an[illegible] hasardeuses? »

« Chalais demeura stupéfait à cette terrible question; tou sa résolution l'avait abandonnée : il ne voyait plus que bourreau, n'entendait plus que le retentissement honteux la hache dans les siècles à venir.

« — C'en est fait, mon ami, s'écria-t-il, vous avez retiré bandeau que l'amour avait attaché sur ma vue; je prends haine cette terrible conjuration!

« — Ce n'est pas assez, comte, pour sauver vos jours... ceux de vos amis, et si, comme tout porte à le croire, complot arrive au su de Son Eminence, je vois votre tête la leur mises en compromis par le seul fait de la non-révé tion. Vous ne pouvez faire espérance de salut qu'après aveu sincère et entier.

« — Y songez-vous, Valencé! Moi, devenir délateur!

« — Vous voulez dire révélateur; il n'y a que la calom qui dénonce. D'ailleurs, pourquoi vous montrer si délica cet aveu, quelle chance dangereuse s'en vont courir la re et des princes du sang? Quelques réprimandes, une sim bouderie royale, peut-être. Et vous pouvez faire réserve nom des autres conjurés. Courons sans plus attendre ch Son Eminence; j'ai l'appréhension que demain l'heure de clémence ne soit passée, et le rayon d'éclatante fortune vous luit, en sauvant un homme dont la puissance est sa bornes, peut, avec l'occasion perdue, s'évanouir à jamais

« Disant ces mots, le commandeur de Valencé entraîna Ch lais au Petit-Luxembourg (1). »

***

Le cardinal était seul dans son cabinet. En entendant a noncer : « le comte de Chalais, » il fit un mouvement, où i avait à la fois de l'étonnement et de la colère...

Mais ce mouvement fut fugitif, et l'huissier n'avait [illegible]

(1) Nous avons emprunté les détails de cette scène, purem historique, et quelques-uns qui vont suivre, à Touchard Lafos l'auteur des *Chroniques de l'Œil-de-Bœuf*, qui, lui-même, pu le récit de ces *Chroniques* aux meilleurs sources.

de prononcer la dernière syllabe du nom des deux gentilshommes : « Monsieur le comte de Chalais, monsieur le commandeur de Valencé; » que Richelieu répliquait : « Qu'ils entrent! »

Ils entrèrent; et à l'aspect de Son Eminence, enfoncée dans son vaste fauteuil, les mains jointes sur ses genoux, les yeux clos, Chalais eut comme un regret de ce qu'il avait fait... et de ce qu'il allait faire...

Il lui sembla qu'il était devant un lion endormi... et qu'il avait grand tort de réveiller...

Mais le lion ne dormait point. Suivant son habitude, il réfléchissait, en laissant à ses visiteurs le temps de se recueillir eux-mêmes, avant d'entamer un entretien.

Ouvrant tout d'un coup la paupière et relevant la tête, qu'il inclina faiblement de bas en haut en manière de salut :

— Qu'y a-t-il, messieurs? dit il.

— Il y a un cœur qui, touché de repentir, vient confesser sa faute à vos pieds, monseigneur... et mériter ainsi, en s'abaissant, que votre générosité sans bornes le relève.

C'était le commandeur de Valencé qui s'exprimait de la sorte; et cet exorde, quelque peu contrit, parut flatter médiocrement le comte. Il rougit; — son sang qui se révoltait contre l'humiliation qu'on lui prescrivait; — et se redressa, au contraire :

« Monseigneur, dit-il d'une voix sonore, l'affection que me porte M. de Valencé l'entraîne; je me reproche, en effet, d'avoir, dans un moment d'erreur, commis la faute de conspirer contre Votre Eminence... et ma démarche à cette heure vous est garante de la sincérité de mes regrets...

« Mais s'il me convient de réparer un tort en vous l'avouant, c'est dans la persuasion que cet aveu ne saurait m'imposer rien d'indigne...

« Donnant, donnant. Je suis le comte de Chalais, vous indiquant noblement l'abîme qu'il a creusé sous vos pas; vous serez, vous, le cardinal de Richelieu vous écartant de cet abîme, remerciant l'ennemi généreux qui vous empêche d'y tomber... »

Un sourire amer contracta les lèvres de Richelieu.

— Ah! fit-il, c'est à moi de vous remercier, monsieur de Chalais!... Et de quoi, je vous prie?... De ce que vous daignez me montrer... *l'abîme*, comme vous dites... que vous *avez creusé sous mes pas?*

« Mais, pardon! Si, longtemps avant votre venue, j'avais été averti de l'existence de... de cet abîme... je n'aurais donc pas à vous remercier, qu'en pensez-vous?

De Chalais tressaillit.

— Oui, oui, continua le cardinal, c'est très-beau de jouer le magnanime... Mais pour gagner la partie, encore faut-il la jouer à temps!...

« Ah! ah!... Fous... fous... que vous êtes, qui vous imaginez me cacher quelque chose!...

« Allons! pour vous convaincre que je n'avais pas besoin de vous pour tout connaître, exigez-vous que je vous nomme vos complices dans le complot ourdi contre moi, monsieur de Chalais? Soit! les voici, ces noms : je les sais par cœur.

« Madame la reine, d'abord. — Comment mon ennemie implacable ne serait-elle pas en tête de cette liste! — Puis monseigneur le duc d'Anjou, madame la duchesse de Chevreuse, vous, monsieur le comte, — je vous classe par ordre, voyez, — le grand prieur de Vendôme, le comte de Rochefort, le marquis de Puylaurens, le comte de Moret et le baron de Luxeuil.

« En ai-je omis? Non, n'est-ce pas? Ah! si! Il y a encore les épées... les treize épées chargées d'écarter les ronces viles de votre chemin.. messieurs; d'épargner à vos blanches mains l'ennui... le dégoût de verser le sang de mes serviteurs...

« Et, je le confesse, je ne sais quelles sont ces treize épées inconnues.

« Vous le savez aujourd'hui, vous, peut-être? — Car vous ne le saviez pas non plus hier; — et ce sont ces renseignements que vous venez ajouter à ceux que je possède. A merveille! Dites. J'écoute.

« Mais, entre nous, cela vous méritera-t-il, de ma part, une grande reconnaissance? J'en doute. Un piètre présent que vous me ferez là!... Quelques drôles ramassés dans des tavernes, au coin des rues, après une collection de grands seigneurs... après des princes du sang... après une reine!...

« Soyez franc, monsieur le comte? N'est-il pas vrai que si vous eussiez pensé que vous en aviez si peu à m'apprendre, vous ne vous seriez pas dérangé! »

De Chalais était atterré. Ainsi, sa démarche devait être inutile, prévenue qu'elle avait été par la vigilance du cardinal. Il avait trahi! — car à cette heure il ne s'illusionnait plus sur son action : il avait trahi! — et il ne bénéficierait point de sa trahison. Ce pardon, cet oubli sur lesquels il avait compté, il n'était plus en droit de les réclamer... ne possédant plus rien pour les payer.

Richelieu contempla quelques secondes le jeune gentilhomme, jouissant du désordre empreint dans ses traits, dans sa contenance...

Cependant l'orgueil reprenant le dessus chez le comte... l'orgueil et un sentiment de grandeur d'âme innée.

— Voici mon épée, monseigneur, dit-il en la tirant du fourreau et en la présentant par la poignée au cardinal. Ordonnez : dans quelle prison dois-je me rendre? Je suis prêt.

« Et, — vous ne contesterez pas, cette fois, je pense, la valeur du présent... — en échange de tout mon sang, je vous prie d'épargner celui de mes amis. M'accorderez-vous cette dernière joie, monseigneur, avant de me remettre aux mains de vos gardes?.. »

Le cardinal sourit encore; mais doucement, cette fois; avec une bonhomie telle que Chalais lui-même y fut trompé.

Du geste, en même temps, repoussant l'épée du jeune comte :

— Allons! allons! monsieur de Chalais; dit-il, qui vous parle de sang... de prison!...

« Puisque vous prenez les choses si sérieusement, c'est donc à moi de les réduire à leur juste valeur.

« Et pour commencer, monsieur le comte, sachez que, si tardif qu'ait été votre repentir... je ne vous en félicite pas moins du plus profond de mon cœur. Oui... il m'eût été cruel de voir la trahison ternir un aussi beau nom que le vôtre!

— C'est aussi dans cette opinion que M. de Valencé m'a encouragé dans la présente démarche! repartit de Chalais.

— J'ai toujours vu le commandeur dans de fort bons sentiments, reprit Son Eminence. Maintenant, messieurs, s'il n'y avait que moi de menacé dans cette affaire, je ne sais si j'entrerais en besogne de soustraire aux tribulations une vie si malheureuse que les plus signalés efforts vers le bien, les plus saintes intentions dans le service du roi ne m'ont attiré que des ennemis... Mais c'est la gloire de Sa Majesté, c'est le repos de l'Etat que ces grands coupables songent à mettre en danger. Néanmoins, à Dieu ne plaise que je veuille, dans une cause qui paraît être toute mienne, exciter l'ire du maître contre des personnes lui tenant de si près! Lui seul fera justice, je n'y veux intervenir pour rien au monde.

— Ainsi, messieurs, pour nous résumer, il est convenu que vous ne m'avez pas vu... que vous ne m'avez rien dit...

— Mais... s'écria de Chalais qui ne comprenait pas où Richelieu voulait en venir.

— Mais laissez-moi achever, s'il vous plaît! reprit le ministre, d'un ton qui avait cessé d'être affable. C'est bien le moins... si je pardonne... que je pardonne quand et comme il me conviendra.

« J'exige d'abord, monsieur le comte, que vous me juriez que madame de Chevreuse demeurera dans l'ignorance de cette entrevue.

— Je vous le jure, monseigneur.

— Ce n'est pas tout. Vous ne laisserez pas, monsieur, de vous mettre, comme il était projeté, dimanche matin, à la tête des partisans qui doivent m'enlever de mon château, et d'agir comme si rien ne se fût passé entre nous.

— Et... dans quel but cette comédie, monseigneur?

Richelieu fronça le sourcil.

— Enfin... si c'est votre bon plaisir, balbutia le comte.

— C'est mon bon plaisir, fit sèchement le cardinal. Vous m'avez entendu, messieurs. J'ai votre parole à tous deux. Allez donc, et que le ciel vous assiste!

Richelieu s'était levé. Le commandeur de Valencé et comte de Chalais se retirèrent; l'un disant à l'autre: « V. êtes sauvé! Et vos amis sont sauvés avec vous! Devant un mulacre d'attaque, Son Eminence se contentera d'un simu cre de colère! »

L'autre, se répétant tout bas:

— Mais à quoi bon cette comédie? Et puisqu'il veut p donner, pourquoi ne pardonne-t-il pas tout de suite?

FIN DE LA DEUXIÈME SÉRIE

Sceaux, Typographie de E. Dépée

www.ingramcontent.com/pod-product-compliance
Ingram Content Group UK Ltd.
Pitfield, Milton Keynes, MK11 3LW, UK
UKHW020406220726
13923UKWH00004B/1768

9 782019 277437